Über den fernen Gebirgsketten

Über den fernen Gebirgsketten

Dennis W.C. Wong

Printed in the United States of America
ISBN 978-1-967279-69-2 (sc)
ISBN 978-1-967279-70-8 (e)

2026.01.05

This book is printed on acid-free paper.

Blue Ink Media Solutions
1111B S Governors Ave
STE 7582 Dover,
DE 19904
www.blueinkmediasolutions.com

Das Leben ist nun mal so; es wird dir immer wieder begegnen. Sei stets bereit für die Herausforderungen, die vor dir liegen. Wenn du an einer Weggabelung stehst und dich nicht entscheiden kannst, welchen Weg du einschlagen sollst, mach einen Umweg. Nimm dir einen Moment Zeit, um über den Sinn deiner Reise nachzudenken, triff eine Entscheidung und kehre dann um. Folge deinem Bauchgefühl und vertraue auf dich selbst. Bereue niemals deine Entscheidung.

—Dennis W.C. Wong

Gewidmet in liebevoller Erinnerung
an meine Schwester Debbie
18. Oktober 1954—6. Mai 2005.

„Geschmückte Schönheit"

Geschmückte Schönheit, still und rein,
So natürlich, darfst du sein.
Kostbar bist du, sichtbar für alle,
Im Geist bist du frei, ohne Falle.

Gestern im Herzen, Erinnerung bleibt,
Der Frühling im Mai, der leise schreibt.
Die Jahre vergehen mit Angst und Mut,
Das Unbekannte tut manchmal gut.

Alles, was du bedeutest, lebt fort,
Die Zeit, die wir teilten, an jedem Ort.
Geburtstagsgrüße über Berge weit,
Neue Wege, neue Zeit.

Ein Anfang entsteht, sanft und sacht,
Reise in Frieden, stille Macht.
Der Abschied schmerzt, doch eines ist klar:
Du bist bei Vater,
für immer da.

Table of Contents

Kapitel Eins

Das Leben ist eines der schönsten Dinge

Das Leben ist eines der schönsten Dinge, wenn man es mit jemandem verbringt, der einen wirklich liebt. Die Schönheit des Lebens liegt in seinen Herausforderungen und Ungewissheiten; ohne sie wäre es eintönig, fade und farblos. Und wenn diese Herausforderungen und Ungewissheiten diejenigen betreffen, den man liebt, und jene, den einen lieben, dann wird das Leben erfüllt von ewigen Erinnerungen—Erinnerungen, den niemals enden.

Sie war der Liebling ihrer Eltern und ihr einziges Kind. Sie besaßen nicht all den guten und angenehmen Dinge des Lebens. Aber eines hatten sie, was kein Geld der Welt kaufen konnte—wahre Liebe.

Sie stieg von der Schaumstoffmatratze, auf der sie gewöhnlich schlief, und verließ das Haus, um direkt zum Fluss zu gehen und sich das Gesicht zu waschen. Ihre Familie hatte diesen Vorteil, da sie in der Nähe des Flusses lebten. Sie wollte schon immer wissen, warum ihre Eltern gerade diesen Ort in Flussnähe gewählt hatten, aber jedes Mal, wenn sie fragen wollte, verschluckte sie ihre Frage—in der Hoffnung, dass sie es eines Tages selbst erzählen würden. Ihr Name war Lucinda, den Tochter eines armen Bauern.

„Lucinda, wie oft habe ich dir gesagt, dass du nicht so nah an den Fluss gehen sollst? Du kannst noch nicht schwimmen, du könntest ertrinken!", rief Annalise, während Lucinda bereits im Wasser stand.

„Ich kann nicht schwimmen, weil du es mir nicht erlaubst. Ich bin schon zehn Jahre alt und will endlich schwimmen lernen! Das Wasser ist so ruhig, und ich spüre, dass ich eine besondere Verbindung zu ihm habe", antwortete Lucinda, als sie aus dem Wasser stieg.

„Du bist erst zehn und redest schon davon, eine starke Verbindung zum Fluss zu haben. Geh nach Hause, bevor ich wütend werde!", schimpfte Annalise, während sie ihrer Tochter nachsah, wie diese langsam zum Haus zurückging—nur einen Steinwurf vom Ufer entfernt.

Annalise ging dann selbst in den Fluss, um den Wäsche zu waschen. Während sie ihre Arbeit verrichtete, drehte sie sich um und sah Lucinda wieder am Ufer stehen und sie beobachten.

„Ich dachte, ich hätte dir gesagt, du sollst nach Hause gehen! Was machst du schon wieder hier?", rief Annalise.

„Mama, du bist immer wegen allem böse. Außerdem hat Papa mich geschickt, um dir Gesellschaft zu leisten. Also, darf ich jetzt in den Fluss steigen?", bat Lucinda.

„Nein, darfst du nicht. Bleib einfach dort—und übrigens, ich habe deinem Vater nicht gesagt, dass ich Hilfe beim Wäschewaschen brauche. Also geh bitte zurück nach Hause", antwortete Annalise, während sie sich wieder der Wäsche zuwandte.

„Ich gehe nicht zurück nach Hause", sagte Lucinda trotzig und setzte sich ans Ufer, ein Stück entfernt von ihrer Mutter.

„Und warum nicht, junge Dame?", fragte Annalise.

„Weil du mich gelehrt hast, meinem Vater nie zu widersprechen. Du sagst immer, ich soll helfen, auch wenn mich niemand darum bittet. Aber wenn du nicht willst, dass ich in den Fluss gehe, bleibe ich eben hier und helfe dir, den Wäsche nach Hause zu tragen", antwortete Lucinda bestimmt.

Annalise lächelte und schwieg, während sie ihre Arbeit fortsetzte. Als sie fertig war, half Lucinda ihr beim Tragen der Kleidung, und gemeinsam gingen sie nach Hause. Annalise ging ins Haus, während Lucinda den Wäsche an der Leine aufhing, damit sie trocknen konnte.

Als sie damit fertig war, ging sie in den Küche, um ihrer Mutter zu helfen.

„Bist du mit dem Aufhängen fertig?", fragte Annalise, als sie Lucinda hereinkommen sah.

„Ich bin fertig, Mama", antwortete Lucinda.

Lucinda ging zurück in ihr Zimmer, und nach einer gefühlten Ewigkeit rief ihre Mutter sie zum Essen. Sofort setzte sie sich zu ihren Eltern an den Tisch, und sie aßen schweigend.

Eines war sicher: Liebe wohnte in diesem Haus. Lucindas Eltern besaßen alles Gute, aber nichts Materielles, worauf sie stolz sein konnten—nicht einmal ihr Land. Sie konnten sich kein Grundstück im Dorf leisten, weshalb sie den Platz am Fluss gewählt hatten. Phil und Annalise kümmerten sich nicht darum, was andere über sie dachten; sie brauchten nur einander. Lucinda war ihr Ein und Alles, und sie liebten sie über alles.

Nach dem Essen brachte Lucinda das Geschirr in den Küche, um es zu waschen, während ihre Eltern draußen auf dem Balkon frische Luft schnappten. Danach ging sie in ihr Zimmer. Sie hatte niemanden zum Spielen, keine Spielsachen, keine Haustiere—nur sich selbst und ihre Eltern.

Es war schon spät in der Nacht, als Lucindas Eltern in ihr Zimmer kamen, um ihr einen Gutenachtkuss zu geben—und bemerkten, dass sie noch wach war.

„Lucinda, warum bist du noch auf? Gibt es ein Problem?", fragte Phil.

„Kannst du mir eine Geschichte erzählen, bevor ich schlafe?", bat Lucinda.

„Natürlich, das ist kein Problem", sagte Annalise, setzte sich neben ihre Tochter, und Lucinda legte ihren Kopf in den Schoß ihrer Mutter.

„Also gut: Es war einmal, in einem fernen Königreich, da lebte ein junger Junge, der den Schafe hütete. Er hatte fast zweihundert von ihnen. Die Dorfbewohner fürchteten jedoch den Hyänen. Sie wussten, dass dieses Tier immer auf ihr Vieh aus war. Jedes Mal, wenn den Hyänen das Dorf angriffen, kamen den Dorfbewohner in großer Zahl heraus, um sie zurück in den Wald zu jagen. Eines Tages saß der junge Junge auf einem Baum, fühlte sich gelangweilt, dachte aber an nichts

Bestimmtes. Plötzlich hatte er eine Idee für einen Scherz, während er beobachtete, wie seine Schafe glücklich auf der Wiese vor ihm grasten. Plötzlich schrie er aus voller Kehle und rief den Dorfbewohner herbei, um ihm zu Hilfe zu kommen, da den Hyänen im Begriff seien, seine Schafe zu verschlingen." Die Dorfbewohner hörten seine Stimme und kamen in großer Zahl mit mehreren Waffen heraus, waren jedoch enttäuscht, als sie sahen, dass der junge Bursche Alarm geschlagen hatte, ohne dass es einen wirklichen Grund gab. Enttäuscht gingen sie alle wütend nach Hause, während der junge Bursche so sehr lachte und stolz auf den Streich war, den er gerade gespielt hatte. Nun, er wiederholte es am nächsten Tag, und den Dorfbewohner stürmten erneut heraus, um zu sehen, dass es wieder ein Scherz war. Aber am dritten Tag griffen den Hyänen seine Schafe an, und als er den Dorfbewohner um Hilfe rief, kam niemand heraus. Sie alle dachten, es sei wieder ein falscher Alarm. Der junge Bursche verlor in dieser Nacht etwa hundert seiner Schafe. Die übrigen waren brutal verletzt, als er mit ihnen nach Hause ging. Er ging nach Hause und weinte bis zur Betäubung. Es war ein teurer Streich, der ihn teuer zu stehen kam. Hier endet meine Geschichte. Also, erzähl mir, was du gelernt hast," sagte Annalise und lächelte Lucinda an.

„Die erste Lektion ist, niemals falschen Alarm zu schlagen, nur weil einem langweilig ist. Und außerdem sollte man immer ehrlich und aufrichtig in allem sein, was man tut", antwortete Lucinda.

„Das stimmt. Also, mein Schatz, schlage niemals falschen Alarm und bleibe stets bei der Wahrheit, damit den Menschen dir glauben und dir helfen, wenn du wirklich Hilfe brauchst. Ist das klar?" fragte Annalise.

„Ja, Mama", sagte Lucinda lächelnd, während Phil still dabeisaß und seiner Tochter aufmerksam zusah.

Annalise und Phil gaben ihr schließlich einen Gute-Nacht-Kuss, als sie sicher waren, dass sie fest eingeschlafen war. Dann gingen sie in ihr eigenes Zimmer, legten sich ins Bett und schliefen bald ein. Es war ihre tägliche Routine.

Am nächsten Morgen wachte Lucinda wie gewohnt auf, und als sie von ihrer Schaumstoffmatratze aufstand, spürte sie wieder den Schmerzen im Rücken, den sie schon seit mehreren Tagen plagten.

Hätten ihre Eltern genug Geld gehabt, hätten sie ihr ein richtiges Bett gekauft—den Matratze war längst durchgelegen.

Sie verließ ihr Zimmer und ging direkt zum Fluss—etwas, das zu ihrem morgendlichen Ritual geworden war und das sie seit fünf Jahren nie ausgelassen hatte. Schon mit fünf Jahren war Lucinda zum Fluss gegangen, und jedes Mal hatten ihre Eltern sie eilig zurückgeholt, aus Angst, sie könnte ertrinken. Doch obwohl sie es ihnen nie erlaubten, gab sie nie auf. Sie wollte das Wasser erleben, wollte wissen, wie es sich anfühlt, darin zu sein. Seit ihrem ersten Versuch hatte sie es nie aufgegeben, auch wenn sie sich nie in den tieferen Teil des Flusses gewagt hatte.

An jenem Morgen wusch sie sich das Gesicht mit dem fließenden Wasser des Flusses. Dann setzte sie sich ans Ufer, warf kleine Kieselsteine ins Wasser und genoss das Plätschern und den Wellen, den sie auf der Oberfläche erzeugten.

Annalise und Phil waren hinter dem Haus und pflanzten Samen, als sie Lucindas Rufe vom Fluss her hörten. Sie ließen alles fallen und rannten sofort los. Lucinda war im Wasser, kämpfte um Luft und schrie den Namen ihrer Eltern. Phil sprang ohne zu zögern in den Fluss, schwamm zu ihr und rettete sie vor dem Ertrinken. Er zog sie ans Ufer, während Annalise weinend betete, dass ihrer Tochter nichts geschehen möge. Phil legte Lucinda auf den Boden, drückte auf ihren Bauch, und Wasser spritzte aus ihrem Mund.

„Sie lebt!", rief Annalise, als Phil Lucinda in den Arme nahm und nach Hause trug. Annalise zog ihr trockene Kleidung an, während Phil ihr eine Tasse heißen Tee brachte. Er setzte Lucinda aufrecht hin, damit sie trinken konnte.

„Was ist passiert? Habe ich dich nicht schon unzählige Male gewarnt, dich vom Fluss fernzuhalten? Was hast du im tieferen Wasser gemacht?" fragte Annalise unter Tränen.

„Du solltest sie das jetzt nicht fragen. Sie braucht Ruhe. Warte, bis sie sich erholt hat, dann kannst du sie ausfragen", sagte Phil.

Annalise schaffte es, Lucinda zum Schlafen zu bringen. Danach gingen sie in ihr eigenes Zimmer, doch Annalise konnte nicht aufhören zu weinen. Der Gedanke, beinahe ihre Tochter verloren zu haben, ließ sie nicht los.

„Annalise, hör auf zu weinen. Es geht ihr gut. Sie braucht nur Schlaf, dann wird alles wieder in Ordnung sein", tröstete Phil.

„Und was wäre gewesen, wenn du nicht hier gewesen wärst? Oder wenn wir zu spät gekommen wären? Dann würde ich jetzt den Leichnam meiner Tochter im Arm halten! Ich habe sie so oft gewarnt, nicht mehr zum Fluss zu gehen, aber sie hört einfach nicht auf mich!", klagte Annalise.

„Sie ist noch ein Kind—neugierig und abenteuerlustig. Sie geht schon seit ihrem fünften Lebensjahr dorthin. Es ist sinnlos, ihr das ganz zu verbieten. Wir sollten sie stattdessen einfach ermahnen, sich vom tiefen Wasser fernzuhalten. Irgendetwas muss passiert sein", überlegte Phil.

„Sie wird keinen Fuß mehr in den Nähe dieses Flusses setzen", sagte Annalise mit fester Stimme und sichtbarer Wut.

„Sei nicht zu streng mit ihr. Warten wir, bis sie wach ist. Dann kann sie uns selbst sagen, was geschehen ist", sagte Phil und wischte Annalise den Tränen ab.

„Es ist gut. Mach dir keine Sorgen. Lucinda ist in Sicherheit—das ist im Moment das Wichtigste", fügte er hinzu und umarmte seine Frau.

Später am Abend, während Annalise das Abendessen zubereitete, stellte sie den Portionen für ihren Mann und ihre Tochter bereit. Sie setzte sich auf den Rand der dünnen Matratze, als Lucinda langsam den Augen öffnete und ihren Namen rief.

„Annalise!", sagte Lucinda mit einem schwachen Lächeln.

Immer wenn sie wollte, dass ihre Mutter lächelte, nannte sie sie bei ihrem Vornamen.

„Lucinda, wie geht es dir?" fragte Annalise lächelnd.

„Mir geht es gut. Warum weinst du, Mama?" fragte Lucinda.

„Ich dachte, dir könnte etwas Schlimmes passiert sein. Warum bist du ins tiefe Wasser gegangen, obwohl du genau weißt, dass du nicht schwimmen kannst? Was, wenn wir nicht rechtzeitig angekommen wären? Es hätte tödlich sein können. Du weißt, dass ich das Trauma, dich zu verlieren, nicht überleben würde, Lucinda", sagte Annalise.

„Ich habe nur versucht, dieses kleine Vögelchen zu retten, das ins Wasser gefallen ist. Seine Flügel waren gebrochen. Es tut mir leid, dass ich mich verletzt habe, während ich versuchte, ein anderes Leben zu retten", entschuldigte sich Lucinda.

„Mach dir keine Sorgen, okay? Ich habe etwas Besonderes für dich vorbereitet. Du wirst es lieben", sagte Annalise, lächelte und klopfte Lucinda auf den Schulter.

„Bist du immer noch böse auf mich?" fragte Lucinda.

„Ja, ich bin auf dich böse, aber ich verstehe, dass du versucht hast, ein Leben zu retten. Also, Kopf hoch", sagte Annalise.

Annalise half ihrer Tochter auf, während sie ein Wasserbad für sie einließ, danach half sie Lucinda, ihre Nachtwäsche anzuziehen, und fütterte sie ruhig.

Für Annalise zählte in dieser Welt nichts außer Lucinda und Phil, ihren zwei wertvollsten Besitztümern.

Kapitel Zwei

Lucinda öffnete langsam den Augen

Lucinda öffnete langsam den Augen und sah den schwachen Sonnenstrahl, der durch den Fenster fiel. Dann erhob sie sich und ging zum Fenster, indem sie den Vorhänge öffnete, um den ganzen Eingeweide der Sonne hereinzulassen. Nachdem sie das getan hatte, verließ sie ihr Zimmer und ging direkt in das Schlafzimmer ihrer Eltern, und als sie dort ankam, betrat sie leise das Zimmer, da sie sah, dass ihre Mutter noch fest schlief.

Ihr Vater war sehr früh am Morgen abgereist. Sie ging zum Fenster und öffnete den Vorhänge, um ihre Mutter zu wecken.

"Guten Morgen, Mama", sagte Lucinda lächelnd.

Annalise öffnete langsam den Augen, als sie Lucinda zu sich auf das Bett sitzen sah. Annalise erhob sich langsam und nahm ihre Tochter in sich auf, den sich auf den Bettkante setzte.

Lucinda stand immer früh auf, aber so früh kam sie selten ins Zimmer ihrer Eltern. Stattdessen ging sie direkt zum Fluss, um ganz allein zu bleiben.

»Lucinda«, rief Annalise.

"Ja, Mama. Wie geht es dir, Annalise?« Fragte Lucinda grinsend.

„Was machst du in meinem Zimmer? Du gehst normalerweise zum Fluss, weil du jeden Morgen dorthin gehst, aber du bist immer noch hier", bemerkte Annalise.

„Du hast mich gebeten, nicht zu schwimmen, und mich sogar gewarnt, niemals wieder in den Nähe des Flusses zu gehen, damit ich nicht ertrinke", antwortete Lucinda.

„Was hast du vor, junge Dame? Wie kann ich dir helfen? Tatsächlich, was willst du?" fragte Annalise und war nun ganz wach.

„Danke, dass du fragst. Ich möchte Oma und Opa auf dem Berg besuchen. Du hast mir so viel über sie erzählt. Ich bin heute Morgen aufgewacht und wollte sie sehen. Kannst du mich dorthin bringen?" bat Lucinda und schmollte.

„Lucinda!" rief Annalise.

„Mama, bitte, ich habe seit Gott weiß wie lange nichts mehr verlangt, und heute mache ich diese Bitte. Sag mir bitte nicht, dass du mir diesen Wunsch nicht erfüllen wirst. Ich flehe dich an, Mama", antwortete Lucinda.

„In Ordnung, ich habe dich gehört, junge Dame. Ich werde dich dorthin bringen, damit du etwas Zeit mit ihnen verbringen kannst. Vielleicht kommst du nach zwei Wochen wieder nach Hause", sagte Annalise.

„Nur zwei Wochen?" fragte Lucinda und zog den Augenbrauen hoch.

„Ja, junge Dame, zwei Wochen. Gibt es ein Problem?" fragte Annalise.

„Aber was werde ich tun, wenn ich nach Hause komme? Nichts! Deshalb denke ich, es ist am besten, wenn ich dort mindestens einen Monat bleibe," antwortete Lucinda.

„Verlasse jetzt mein Zimmer," sagte Annalise und deutete auf den Tür, während Lucinda lachte und hinausrannte.

Lucinda nahm Dinge nie ernst. Sie machte immer Scherze über alles, aber es war lustig, mit ihr zusammen zu sein. Annalise wollte ihre Tochter nicht weit von sich entfernt haben. Obwohl sie sehr verspielt und manchmal ein wenig schelmisch war, hielt sie immer ihre Gesellschaft, auch wenn sie sie oft zum Reden gebracht hatte. Zweifelsohne wusste

Annalise, dass sie ihre Tochter vermissen würde, sobald diese zu den Eltern gegangen war.

Sobald Lucinda gegangen war, stand Annalise auf und ging ins Badezimmer, um ein Bad zu nehmen. Sie kümmerte sich nicht darum, irgendetwas vorzubereiten, weil zu Hause nichts da war, und das war der Hauptgrund, warum ihr Mann sehr früh am Morgen das Haus verlassen hatte, um etwas zu besorgen, das sie zum Frühstück essen könnten.

Annalise beendete ihr Bad und zog sich an. Dann ging sie aus dem Zimmer und traf Lucinda, den auf dem Balkon saß.

„Lucinda, was machst du draußen?" fragte Annalise.

„Nichts, ich wollte nur draußen bleiben. Setz dich zu mir. Lass uns diese wunderschöne Naturlandschaft vor uns bewundern," bat Lucinda, als Annalise kam und sich in ihre Nähe setzte.

„Mama, ich habe Hunger," sagte Lucinda nach ein paar Minuten Stille zwischen den beiden Freundinnen.

„Ich weiß, warte nur noch ein bisschen. Dein Vater ist auf dem Bauernhof, und er wird noch zum Dorfmarkt gehen, um Sachen zu besorgen, bevor er nach Hause zurückkehrt. Sobald er zurück ist, werde ich etwas zum Frühstück zubereiten, okay?" sagte Annalise und tätschelte ihrer Tochter den Rücken.

„Okay. Also, während wir darauf warten, dass Papa nach Hause kommt, hast du nichts dagegen, mir eine Geschichte zu erzählen?" fragte Lucinda.

„Was willst du, dass ich dir erzähle?" fragte Annalise ihre Tochter.

„Ich möchte mehr über deine Familie wissen, Mama. Warum leben meine Großeltern auf dem Berg? Haben sie Nachbarn?" fragte Lucinda.

„Nun, meine Eltern lebten auf dem Berg wegen der Ruhe in dieser Gegend, und nein, sie haben keine Nachbarn. Ich weiß, den nächste Frage wäre: Wie ernähren sie sich? Nun, jeden Freitag fahren sie ins nahegelegene Dorf, um Lebensmittel zu besorgen. Das ist alles," antwortete Annalise.

„Wow, das ist schön," sagte Lucinda, als sie nach oben schaute und ihren Vater zurückkommen sah.

„Das ist Papa. Er kommt nach Hause," sagte Lucinda, während sie auf ihren Vater zulief und ihn umarmte. Sie nahm den Hacke und den

Machete, den ihr Vater trug, und brachte sie ins Haus, um sie hinter den Küchentür zu stellen. Lucinda ging dann zurück ins Zimmer ihrer Eltern und traf ihren Vater auf dem Holzstuhl sitzend. Sie ging näher auf ihn zu und setzte sich auf den Boden.

„Papa, wie geht es dir?" fragte Lucinda. „Mir geht es gut, und dir?" fragte Phil. „Mir geht es gut, Papa, nur hungrig," antwortete Lucinda.

„Keine Sorge. Deine Mutter bereitet gerade das Frühstück vor. Willst du nicht zu ihr stoßen?" fragte Phil.

„Das werde ich, aber Papa, ich brauche deine Hilfe," sagte Lucinda.

„Meine Hilfe? Nun, alles für meine Tochter. Also, erzähl mir, wie kann Papa dir helfen?" fragte Phil.

„Kannst du Mama überzeugen, mich mit auf den Berg zu nehmen, damit ich Oma und Opa besuchen kann? Du weißt doch, dass ich noch nie dort war, und ich habe das starke Verlangen, sie zu sehen. Ich verspreche, nach einem Monat wieder zurückzukommen", antwortete Lucinda.

„Ist das alles, was du willst?" fragte Phil. „Ja, Papa", antwortete Lucinda.

„Okay. Ich werde es versuchen, aber ich glaube nicht, dass Mama dich einen Monat lang bleiben lassen wird. Mach dir keine Sorgen. Du wirst gehen", sagte Phil.

„Danke, Papa", antwortete Lucinda, lächelte und stand auf, um das Zimmer Richtung Küche zu verlassen.

„Gern geschehen", erwiderte Phil.

„Ich gehe in den Küche, um Mama zu helfen", sagte Lucinda und verließ das Zimmer in Richtung Küche.

Als Annalise mit den Vorbereitungen fertig war, gab sie das Essen ihres Mannes auf den Teller und übergab ihn Lucinda, damit sie ihn im Wohnzimmer auf den Tisch stellen konnte, während sie ihr sagte, dass sie gleich nachkommen würde, um sie zu treffen. Lucinda gehorchte und ging mit dem Essen hinaus. Annalise folgte ihr bald mit einem Tablett mit zwei Tellern—einem für sich selbst und dem anderen für Lucinda.

„Das Essen ist fertig", kündigte Lucinda an, während ihr Vater lächelte und den Stuhl näher an den Tisch rückte. Annalise und

Lucinda setzten sich hin und sprachen ein kurzes Gebet, bevor sie sich ihrem Essen widmeten.

„Also, Mama, wann bringst du deinen kleinen Engel zu Opa und Oma?" fragte Lucinda.

„Lucinda, während des Essens spricht man nicht", tadelte Annalise. „Papa, willst du nicht mit Mama reden? Sie wird mir nicht erlauben, den Großeltern zu besuchen",

protestierte Lucinda zwischen dem Kauen ihres Essens.

„Anna, findest du nicht, dass das eine gute Idee ist? Allein zu Hause zu bleiben könnte sie in Versuchung führen, in den Nähe des Flusses zu gehen. Erinnerst du dich, was das letzte Mal passiert ist, als sie das getan hat, und glaub mir: es ist an der Zeit, dass sie sie besucht. Ich finde es schön, dass du sie auf einen Ausflug zu den Bergregionen mitnimmst, damit sie etwas Qualitätszeit mit ihnen verbringen kann, auch wenn es nur für zwei Wochen oder einen Monat ist", sagte Phil.

„Zwei Wochen sind zu kurz. Wie willst du, dass ich in nur zwei Wochen etwas Quality Time mit ihnen verbringe?" fragte Lucinda.

„Lucinda, es ist nicht so, dass ich nicht möchte, dass du gehst. Es ist nur so, dass du zu stur bist. Du bist meine Tochter, und ich bin deine Mutter, und ich sage dir, du bist sehr stur. Du wirst meine Eltern besuchen, und bis du dort ankommst, wirst du anfangen, sie zu stören und unverschämte Forderungen zu stellen," sagte Annalise.

„Aww! Das ist nicht fair, Mama. Wie kannst du sagen, dass dein kleiner Engel stur ist? Ich zweifle, ob ich überhaupt noch dein kleiner Engel bin," sagte Lucinda und schaute weg.

„Hahaha! Erinnerst du mich noch daran, wie alt du bist?" fragte Annalise ihre Tochter.

„Zehn, Mama," antwortete Lucinda, während sie den Hände faltete. „Du bist den Mutter," mischte sich Phil ein.

„Oh ja, ich weiß. Es ist nur so, dass sie spricht, als wäre sie erwachsen," antwortete Annalise.

„Also, wann bringst du sie zu deinen Eltern?" fragte Phil. „Ja, Mama. Wann bringst du mich zu deinen Eltern?" fragte Lucinda lächelnd.

„Ich habe noch nicht einmal zugesagt. Ihr zwei seid genau gleich, kein Unterschied," sagte Annalise seufzend.

„Wir warten auf eine Antwort, Mama; wann?" fragte Lucinda. „In Ordnung, ich werde euch bis dieses Wochenende dorthin bringen," antwortete Annalise. „Aww! Das ist so lieb von dir, Mama. Einen Kuss für dich," sagte Lucinda und schickte ihren Eltern nacheinander einen Kuss.

„Ihr seid beide den Besten," sagte Lucinda lächelnd, während sie weiter aß. Phil und Annalise sahen ihre Tochter an und lächelten zurück.

Lucinda war wirklich ein außergewöhnliches Kind, sehr stur und auch intelligent. Abgesehen davon war sie so liebenswürdig, dass man sie für eine Göttin halten könnte. Ihre Haut war so hell wie Schnee, und ihr Haar war so schwarz, mit ihren blauen Augen und rosafarbenen Lippen. Lucinda ähnelte ihrer Mutter genau, aber eine Sache verwirrte Annalise den meiste Zeit an ihrer Tochter: wie sie sich wie eine Erwachsene verhielt, obwohl sie erst zehn Jahre alt war.

Nachdem sie ihr Essen beendet hatten, brachte Lucinda den Teller in den Küche, um sie zu spülen. Dann zog sie sich in ihr Schlafzimmer zurück, um zu schlafen. Als Lucinda auf dem Bett lag, betete sie still, dass der Freitag schnell kommen möge. Und bald war es Freitag.

An diesem Morgen war Lucinda den Erste, den aufwachte. Sie ging zum Zimmer ihrer Eltern und klopfte an den Tür. Ihre Mutter eilte schnell heraus, in der Annahme, dass etwas nicht stimmte.

„Lucinda, was ist los? Es ist erst 6 Uhr morgens. Hattest du einen Albtraum?" fragte Annalise überrascht.

„Albtraum? Das ist das genaue Gegenteil von dem, was ich sagen wollte", sagte Lucinda und starrte ihre Mutter an.

„Also, was ist das Problem?" fragte Annalise.

„Ich habe dich geweckt, um dir zu sagen, dass heute Freitag ist. Fang an dich vorzubereiten, denn ich gehe jetzt baden," sagte Lucinda und ging hinaus.

Annalise blieb an der Tür stehen und sah ihrer Tochter nach, sich fragend, ob sie wirklich diejenige war, den Lucinda geboren hatte. Leise ging sie hinein, während Phil grinste, nachdem er gehört hatte, was Lucinda gesagt hatte.

„Deine Tochter ist einfach unglaublich," sagte Annalise.

„Wie meinst du das?" fragte Phil.

„Kannst du dir vorstellen, dass sie mich geweckt hat, damit ich mich fertig mache, um sie zu den Bergketten zu bringen?" antwortete Annalise, während Phil in Gelächter ausbrach.

„Was ist so lustig?" fragte Annalise überrascht.

„Sie ist dein Ebenbild. Also sollte dich nichts, was sie jetzt tut, überhaupt überraschen. Sie ist ihre Mutter Tochter," sagte Phil, während Annalise den Stirn runzelte und den Raum verließ.

Annalise ging direkt in das Zimmer ihrer Tochter, um ihr zu helfen, den Kleidung für den Reise auszusortieren.

„Mama, ich dachte, du würdest mir neue Kleidung besorgen?", fragte Lucinda.

„Lucinda, du weißt doch, dass ich im Moment kein Geld habe. Mach dir keine Sorgen; ich werde dir bald etwas Besseres besorgen, okay?", versicherte Annalise.

Lucinda umarmte ihre Mutter und flüsterte ihr ins Ohr: „Ich habe nur Spaß gemacht. Du musst dich nicht schlecht fühlen, weil du mir keine neuen Kleider besorgst. Wir haben bereits ein Dach über dem Kopf und haben etwas zu essen. Dafür bin ich dankbar. Also, lächle, Mama. Mach dir keine Sorgen. In der Zukunft werde ich dir alle schönen Dinge des Lebens besorgen und dich in den Stadt mitnehmen."

Lucinda lächelte und verließ das Zimmer, während Annalise den Tränen abwischte, den über ihre Wangen liefen. Sie blickte auf und sagte: „Gott, danke, dass du mir eine Tochter wie Lucinda geschenkt hast." Dann packte sie alles in den Rucksack und schloss ihn.

Annalise bereitete das Frühstück zu, damit alle etwas zu essen hatten. Phil verabschiedete sich von ihnen, als er zur Farm ging. Annalise hielt Lucindas Tasche, und zusammen machten sie sich auf den Weg.

„Wer könnte das sein?" sagte Maya, als sie aufstand, um nachzusehen, wer an der Tür klopfte.

„Erwartest du jemanden?" fragte Greg.

„Natürlich nicht", antwortete Maya und öffnete den Tür, um ihre Tochter und Enkelin grinsend zu sehen, und sie öffnete ihre Arme, um sie beide voller Aufregung zu umarmen.

„Wen haben wir denn hier?" sagte Greg und stand auf, als seine Tochter Annalise ihn umarmte.

„Ich habe dich so vermisst, Mutter", sagte Annalise grinsend.

„Ich habe dich auch vermisst, geliebte Anna", antwortete Maya und gab Annalise einen Kuss auf den Wange.

„Und wen hast du mitgebracht?" fragte Maya, während sie Annalise ansah.

„Meine Tochter, Lucinda, natürlich. Hahaha! Hast du sie vergessen? Es ist schon lange her, dass du sie gesehen hast. Ich glaube, das letzte Mal hast du sie gesehen, als sie vier war. Sie hätte mich nicht in Ruhe gelassen, wenn ich sie nicht mitgebracht hätte. Du kennst Lucinda und weißt, wie stur sie sein kann. Ich musste sie hierher bringen", antwortete Annalise.

„Du hast alles richtig gemacht. Wir haben sie auch vermisst und hatten ohnehin geplant, sie wieder zu besuchen. Wer hätte gedacht, dass meine Enkelin uns auch vermisst hat? Aww!" sagte Maya.

„Keine Sorge, Oma. Ich werde viel Zeit hier mit dir verbringen, okay?" sagte Lucinda lächelnd.

„Ganz genau, so wie ich es mir gewünscht habe, jetzt wo du erwachsen bist. Zumindest werden wir gute Gesellschaft haben", sagte Maya.

„Ja, Oma!" Lucinda rief fast vor Freude über den Zustimmung ihrer Großmutter. Sie setzten sich alle im Wohnzimmer, das hauptsächlich aus Holzmöbeln bestand und keine modernen Geräte hatte. Es war ein kleines Haus mit vier Zimmern: einem Schlafzimmer, einer Küche, einem Vorratsraum und einem Wohnzimmer. Im Wohnzimmer, wo sie alle saßen, stand ein enormes Sofa mit sehr weicher Polsterung rund um das Holz.

Eine kleinere Nachbildung davon stand direkt gegenüber, und den Tür zum Wohnzimmer öffnete sich dazwischen. Hinter dem riesigen Sofa befand sich ein Holztisch, schokoladenbraun. Über den drei Fenstern des Wohnzimmers hingen bräunliche Vorhänge, und ein dicker brauner Teppich bedeckte den gesamten Holzboden.

Hier und da standen verschiedene chinesische Haushaltsgegenstände—geformte und geschnitzte Blumenvasen, frische Blumen und ein Kamin für den Wärme. Lucinda empfand den Umgebung als gemütlich. Ihre Mutter hatte gedacht, der Ort würde ihr fehl am Platz erscheinen. Was für Lucinda jedoch eine besondere Anziehungskraft hatte, war den waldähnliche Atmosphäre des Hauses.

Das Haus lag mitten in einem Wald auf einem Berg, fernab von der Zivilisation. Es war keine Gefahr durch wilde Tiere in Sicht.

Als sie alle zusammensaßen und miteinander sprachen, ging Maya in den Küche und holte Essen für ihre Tochter und Enkelin, und beim Essen unterhielten sie sich über verschiedene Themen.

Später wurde Lucinda beschäftigt, als sie mit ihrem Opa ein traditionelles chinesisches Spiel spielte, das Lucinda zum ersten Mal sah. Am Abend informierte Annalise sie, dass sie bald gehen würde.

Nachdem sie ihre Eltern umarmt hatte, ging sie direkt zu Lucinda, den allein auf dem kleineren Sofa saß, und umarmte sie, flüsterte ihr ins Ohr: „Bitte stör meine Eltern nicht und benimm dich besser." Lucinda warf ihr einen Blick zu und lächelte.

„Vertrau mir, Annalise; ich werde ein braves Mädchen sein," sagte Lucinda und lächelte immer noch, während Annalise lachte, ihr Lachen ausgelöst durch den Art, wie Lucinda sie beim Namen nannte.

„Pass auf dich auf," sagte Annalise, als sie den Tür öffnete und nach Hause zurückkehrte.

Kapitel Drei

Aber Oma, ich will nicht nach Hause gehen

„Aber Oma, ich will noch nicht nach Hause gehen. Mama ist nicht einmal hier, um mich abzuholen, also warum willst du, dass ich jetzt nach Hause gehe?" fragte Lucinda niedergeschlagen.

Ihre Großmutter hatte mit ihr darüber gesprochen, nach Hause zu gehen, aber es war offensichtlich, dass Lucinda das nicht akzeptierte. Die zwei Wochen, den ihre Mutter ihr gegeben hatte, waren vergangen, und Maya musste sie nach Hause bringen.

„Deine Mama ist nicht hier, um dich abzuholen, weil ich diejenige sein werde, den dich nach Hause bringt", sagte Maya.

„Willst du mich von deinem Haus wegschicken? Ich dachte, ich sei deine Enkelin, oder macht dir meine Gesellschaft keinen Spaß?" fragte Lucinda und verschränkte den Hände, während sie Maya missbilligend ansah.

„Ich genieße deine Gesellschaft, Liebling, aber den Anweisungen deiner Mama sollten befolgt werden", antwortete Maya.

„Was ist hier los?" fragte Greg, als er vom Pariser Raum hereinkam, nachdem er einen seiner vielen Streifzüge durch den Wald gemacht hatte—etwas, das ihm heilige Freude bereitete.

„Gott sei Dank, Opa ist zurück. Opa, weißt du, dass Oma mich nach Hause bringen will? Ich habe sie gefragt, ob ich etwas falsch gemacht habe, damit ich mich entschuldigen kann, aber sie hat nein gesagt. Sie will mich nach Hause bringen, was bedeutet, dass sie meine Gesellschaft nicht mehr liebt und genießt," sagte Lucinda, fast schon weinend.

„Oh, Kleines, mach dir nichts aus deiner Oma. Sie liebt dich, natürlich. Wir beide lieben dich so sehr. Oma bringt dich nach Hause. Mama und Papa vermissen dich sehr. Sie bringt dich nach Hause, damit du Zeit mit ihnen verbringen kannst, und ehe du dich versiehst, bist du wieder hier," sagte Greg.

„Warum glaube ich euch beiden nicht?" fragte Lucinda, den ihre Hände in den Hüften stemmte und im Stehen aufrecht verharrte.

„Hat Opa dich jemals vorher belogen?" fragte Greg, sichtlich verlegen.

„Nein, das hast du nicht, aber ich habe kein gutes Gefühl dabei. Ihr beide versucht, mich dazu zu bringen, nach Hause zurückzukehren, und das ist nicht fair. Wenn ich nach Hause gehe, werde ich keine Gelegenheit haben, irgendetwas zu tun, wie den Wald mit euch zu erkunden oder zum Fluss ins Tal zu gehen. Zuhause haben mich Mama und Papa verboten, in den Nähe des Flusses zu gehen. Und wenn ich dort bin, werde ich den meiste Zeit allein zu Hause sein, ohne jemanden zum Reden.

Ich wünschte, ich hätte einen Spielkameraden oder wenigstens ein Haustier", sagte Lucinda und rannte mit Tränen in den Augen in das einsame Zimmer im Haus.

„In der Tat, Annalise hat ihr Ebenbild zur Welt gebracht. Sie verhält sich wie sie, als sie in ihrem Alter war, aber gleichzeitig benimmt sie sich wie eine Erwachsene und denkt auch so. Wow", sagte Greg, während er auf dem übergroßen Sofa saß.

„Du weißt, wir müssen sie zurück nach Hause bringen. Annalise kann keinen Monat ohne ihre Tochter bleiben. Und selbst wenn wir sie nicht nach Hause bringen, wird Annalise sowieso in ein paar Tagen hier sein, um sie nach Hause zu holen", flüsterte Maya.

„Keine Sorge. Ich werde sie überzeugen, mit dir nach Hause zu gehen; überlass das mir", flüsterte Greg zurück und lächelte.

„Das klingt gut. Wann wirst du mit ihr sprechen?" fragte Maya. „Heute Abend. Dann wirst du sie morgen nach Hause bringen", antwortete Greg.

„Das ist schön", sagte Maya, als sie in den Raum ging.

An diesem Abend betrat Greg den Raum und traf Lucinda, den dasaß und aus dem Fenster in den Wald starrte.

„Bist du immer noch wütend auf deinen Großvater?" fragte Greg, als er sich Lucinda setzte.

„Ich bin nicht böse auf dich, da du nichts falsch gemacht hast", sagte Lucinda, während sie weiterhin aus dem Fenster starrte.

„Das bezweifle ich, weil du nicht einmal zu mir schaust, was zeigt, dass du immer noch wütend auf mich bist. Kannst du mir verzeihen, mein kleiner Engel?" fragte Greg.

„Warum willst du, dass ich nach Hause gehe?" fragte Lucinda. „Weil…" Greg begann zu sprechen, als Lucinda ihn unterbrach. „Lüg mich nicht an, Opa. Ich bin kein Baby", sagte Lucinda. „Du bist doch erst zehn Jahre alt", erwiderte Greg lächelnd. „Opa!" rief Lucinda langsam.

„Alles klar, es tut mir leid. So wie du uns damals vermisst hast, obwohl du uns damals noch nie getroffen oder gekannt hast, ist es genauso, wie deine Eltern dich jetzt vermissen. Meine Liebe, verstehst du, das ist der Hauptgrund, warum du nach Hause gehen musst", sagte Greg.

„Du wirst zurückkommen und mich abholen, oder?" fragte Lucinda mit weit aufgerissenen Augen vor Vorfreude.

„Das werde ich, meine Liebe", antwortete Greg.

„Ist das ein Versprechen?" fragte Lucinda. „Natürlich ist es das", antwortete Greg lächelnd.

„Es ist nicht so, dass ich mein Zuhause vermisse, aber wenn ich nach Hause gehe, darf ich nicht in den Nähe des Flusses. Das ist der einzige Ort, an dem ich spiele, der einzige Ort, an dem ich Frieden finde, den selbst ich nicht erklären kann", sagte Lucinda.

„Was könnte so attraktiv am Fluss sein, dass du jeden Tag dort spielst?" fragte Greg.

„Nun, ich habe es noch niemandem erzählt, aber manchmal finde ich morgens wunderschöne Muscheln, den an Land gespült wurden, und sie sind alle wunderschön. Ich kann sie nicht mit nach Hause nehmen, deshalb habe ich sie immer in der Nähe des Flussbettes versteckt", sagte Lucinda lächelnd.

„Das ist schön, aber mach dir keine Sorgen; wenn du deine Mama einmal triffst, bleib eine Weile bei ihr, dann kommst du hierher zurück, und ich verspreche dir, wir gehen jagen," sagte Greg.

„Du machst keinen Spaß, oder?" fragte Lucinda, den strahlend lächelte. „Ich meine es ernst, Lucy," antwortete Greg, während er seine Enkelin umarmte.

„Also, bist du derjenige, der mich nach Hause bringt, oder macht das Oma?" fragte Lucinda.

„Oma wird das machen," antwortete Greg.

„Alles klar, lass uns essen," sagte Lucinda, als sie aufstand, und zusammen gingen sie mit ihrem Opa hinaus. Sie aßen an diesem Abend zu Abend, und danach gingen alle zu Bett, den beiden Omas auf einem Bett, während Lucinda auf einem Ersatzbett im selben Zimmer schlief. Es war ein großes Zimmer.

Am nächsten Tag weckte Maya Lucinda auf, während sie half, Lucindas Kleidung zu ordnen, während Lucinda ihr Bad nahm. Maya beendete ihre Aufgaben und ging selbst baden. Als sie fertig war, musste sie noch etwas für das Frühstück vorbereiten, obwohl Lucinda behauptete, sie habe keinen Hunger. Gegen 9 Uhr morgens machten sie sich beide auf den Heimweg, wobei Lucinda ihre Großmutter mehrere Fragen stellte.

Nach ein paar Stunden waren sie zu Hause, und Lucinda konnte es kaum erwarten, hineinzugehen, um ihre Mutter zu sehen. Sie berührte den Türklinke, und zum Glück war sie nicht verschlossen. Sie schob den Tür auf, und beide gingen hinein. Lucinda rief den Namen ihrer Mutter und ihres Vaters, als sie beide herausstürmten und sie fest umarmten.

„Mama, bitte versuch nicht, mich umzubringen. Ich war doch nur zwei Wochen weg", sagte Lucinda und lächelte.

„Ich weiß. Ich habe dich so sehr vermisst. Ich hatte deinem Vater schon gesagt, dass, wenn meine Mutter dich heute nicht nach Hause bringen würde, ich morgen selbst zu ihr gehe und dich nach Hause bringe", sagte Annalise lächelnd.

„Ihr beide seid so in eure Tochter vertieft, dass ihr meine Anwesenheit gar nicht bemerkt habt", sagte Maya, als Phil näher kam und sie umarmte.

„Es tut uns so leid. Es ist nur, dass wir sie so sehr vermisst haben. Annalise hört seit gestern Abend nicht auf, über sie zu sprechen", sagte Phil lächelnd.

„Sie ist besessen von ihrer Tochter, Lucinda. Das überrascht mich überhaupt nicht", antwortete Maya, während sie sich setzte und Annalise und ihre Tochter beobachtete.

Lucinda ließ ihren Rucksack fallen, während Annalise hineinging, um für ihre Mutter etwas zu trinken zu holen.

„Warum ist Vater nicht mitgekommen?" fragte Phil, als er sich neben Maya setzte.

„Er ist beschäftigt, mein Lieber, wie immer mit der Natur um uns herum. Aber keine Sorge; beim nächsten Besuch kommen wir beide zusammen", antwortete Maya.

„Das klingt großartig", sagte Phil.

„Also, Mama, hier ist dein Tee", sagte Annalise, während sie den Teetasse ihrer Mutter reichte.

„Vielen Dank", antwortete Maya, während sie den Tee trank und grinste.

„Wie immer, du kannst das wirklich gut", lobte Maya. „Mama, ich hoffe, diese Drama-Queen hat dir dort keine Szene gemacht?" fragte Annalise.

„Du hast sie zur Welt gebracht, und ich freue mich, dass du weißt, dass sie eine Drama-Queen ist, aber trotzdem haben wir ihre Gesellschaft genossen. Dein Vater kommt in zwei Wochen, um sie abzuholen. Er hat ihr das versprochen", antwortete Maya.

„Oh! Kein Problem dann", sagte Phil, während Annalise ihn ansah. „Mama, sag Papa, er soll nächsten Monat vorbeikommen. Ich habe ihn so sehr vermisst", bat Annalise.

„Vielleicht solltest du das deinem Vater sagen", antwortete Maya, während sie ihren Tee trank. Sie unterhielten sich noch über andere belanglose Dinge, bevor Maya sich verabschiedete und in den Berge aufbrach.

Lucinda war an diesem Morgen aufgewacht, aber ihre Eltern waren nicht zu Hause. Und sie fragte sich laut: „Wo könnten sie sein? Sie haben mich nicht einmal gebeten, ihnen zu folgen." Leise setzte sie sich in den Schaukelstuhl ihres Vaters. Es war schon fast drei Stunden her, und es gab kein Zeichen von ihren Eltern, aber später wagte sie sich in den Küche und fand heraus, dass ihre Mutter ihr etwas zu essen hinterlassen hatte.

„Vielleicht sind sie auf den Bauernhof gegangen, und wahrscheinlich werden sie noch auf den Markt gehen, um einige der Erzeugnisse des Bauernhofs zu verkaufen", sinnierte Lucinda, während sie sich auf den Stuhl setzte und ihr Essen still verzehrte. Als sie fertig war, wusch sie den Teller ab und ging in ihr Zimmer. Sie ging wegen des Vorfalls beim letzten Mal nicht in den Nähe des Baches. Sie legte sich auf ihr Bett zurück und schlief ein.

„Wach auf, Lucy!" Annalise tippte ihre Tochter an, als Lucinda langsam den Augen öffnete.

„Entschuldige, wir haben dir nicht gesagt, dass wir sehr früh am Morgen gegangen sind, und außerdem tut es uns leid, dass wir so spät zurückgekommen sind", entschuldigte sich Annalise.

„Kein Problem. Ich verstehe", sagte Lucinda lächelnd.

„Lass mich das Abendessen fertig machen; dann sage ich dir, wenn es fertig ist", sagte Annalise. Lucinda lächelte und sah ihrer Mutter nach, wie sie aus dem Zimmer ging.

Sie stand auf, ging ins Badezimmer und goss das wenige Wasser aus dem Eimer über ihren Körper. Dann trocknete sie sich ab und zog schnell ihre Nachtwäsche an.

Nach ein paar Minuten ging Lucinda in den Küche, um ihre Mutter zu treffen. Annalise hatte das Essen bereits fertig und servierte Lucinda ihren Anteil. Lucinda aß still und ging danach wieder ins Bett. Für Annalise war Lucindas Rückkehr ungewöhnlich ruhig, im Gegensatz zu der lebhaften Lucinda, den sie geboren hatte.

Annalise vermutete, dass es vielleicht daran lag, dass sie den ganzen Tag nicht zu Hause waren. Sie aß jedoch still mit ihrem Ehemann Phil, bevor sie beide ins Bett gingen.

Kapitel Vier

An einem bestimmten Morgen

An einem bestimmten Morgen, einige Tage nachdem sie von den Bergketten zurückgekehrt war, wachte Lucinda auf und schlich leise in den Küche, um für alle das Frühstück zuzubereiten. Sie wollte ihre Eltern nicht stören. Sie brachte das Frühstück ins Zimmer ihrer Eltern. Als sie dort ankam, waren sie bereits wach, führten aber ein leises Gespräch. Eine Grippeepidemie breitete sich in der Region aus, und bisher war Lucinda den einzige der drei Mitglieder dieses Haushalts, den sich noch nicht angesteckt hatte. Ihre Eltern lagen bereits mit dem Virus im Bett.

„Guten Morgen, Mama. Guten Morgen, Papa", sagte Lucinda, als sie das Tablett mit dem Essen auf den Tisch stellte.

„Morgen", antwortete Annalise.

„Ich habe das Frühstück vorbereitet, damit wir essen können", verkündete Lucinda. „Was für eine Überraschung! Du bist doch erst zehn, Lucinda", sagte Phil, mehr aus Neugier.

"Ich bin zehn, aber normalerweise bleibe ich bei Mama in der Küche. Obwohl sie mir nicht erlaubt hat, irgendetwas vorzubereiten, habe ich es heute getan; Es bleibt Ihnen überlassen, über den Güte des Geschmacks zu entscheiden. Jetzt, wo Mama unten ist, muss ich einspringen", antwortete Lucinda.

"Lucinda, ich möchte, dass du Mama und Papa etwas versprichst und einfach ja sagst, wenn ich dir das erzähle", sagte Annalise schwach.

"Ich werde immer Ja sagen, alles für euch beide, um geheilt zu werden und wieder auf den Beine zu kommen", antwortete Lucinda.

"Hör zu, Lucinda, diese Krankheit breitet sich überall aus, und sie ist so ansteckend. Ich möchte, dass du zu meinen Eltern zurückkehrst, damit du dich nicht ansteckst. Wenn wir irgendwie geheilt werden, dann werden wir für dich zurückkommen. Wenn du hier bei uns bleibst und uns aufräumst, erhöht sich den Wahrscheinlichkeit, dass du dich ansteckst", sagte Annalise.

„Du willst, dass ich bei Opa und Oma bleibe? Was wird aus euch beiden? Wer wird sich um euch kümmern, für euch kochen und Wasser aus dem Fluss holen? Wer wird sauber machen? Niemand. Mama, du brauchst mich doch noch, um all das zu machen," sagte Lucinda.

„Wir kommen alleine zurecht. Geh einfach, Lucinda. Ich vertraue dir. Du bist klug genug und kennst dich dort oben aus. Bitte geh einfach," sagte Phil.

„Ich gehe nirgendwohin ohne euch beide. Es ist mir egal, ob ich mich infiziere oder nicht. Ihr beide seid meine Eltern. Ich will nirgendwohin gehen, ohne dass ihr an meiner Seite seid. Bitte bitte, bittet mich nicht zu gehen," sagte Lucinda, während Tränen ihre Augen herabrannen.

„Wir wollen beide, dass du jetzt gehst, Lucinda, zu deiner Sicherheit, weil wir dich lieben und wollen, dass du am Leben bleibst. Bitte, Liebling," sagte Annalise.

"Können wir später darüber sprechen?" sagte Lucinda, während sie einen Löffel herausholte und anfing, ihre Eltern zu füttern. Sie brachte den Teller zum Waschen in den Küche. Bald darauf verließ sie das Haus und ging hinunter zum Fluss. Als sie am Flussufer ankam, setzte sie sich still hin und begann später mit dem Selbstgespräch.

"Mama und Papa wollen, dass ich sie verlasse. Sie wollen, dass ich auf den Berg gehe und bei meinen Großeltern bleibe, aber ich gehe nirgendwohin. Wie werden sie ohne mich zurechtkommen? Haben sie daran gedacht? Wer wird sich um sie kümmern? Ich habe keine Angst, mich anzustecken. Ich möchte nur, dass wir alle zusammen sind. Wenn sie sterben, sterbe ich mit ihnen. Wenn sie leben, so lebe ich mit ihnen«, sagte Lucinda zu sich selbst, während sie Kieselsteine in den Fluß warf. Sie blieb dort, meditierte über verschiedene Themen, sammelte

Muscheln, beobachtete den Strömung des Flusses und beobachtete Fische, den hier und da huschten.

Sie wusste nicht einmal, wann den Sonne am Himmel aufging, und als es ihr dämmerte, war es Zeit, nach Hause zu gehen.

Als sie nach Hause kam, sah sie, dass ihre Eltern schliefen. Als sie zu ihrem Zimmer ging, legte sie sich auf ihre Schaumstoffmatratze und schlief ein.

Später wachte sie am Abend auf und überprüfte ihre Eltern, um sicherzugehen, dass sie immer noch schliefen.

„Das ist ungewöhnlich. Mama und Papa schlafen jetzt schon seit dem Morgen. Naja, ich werde sie in Ruhe lassen", murmelte Lucinda vor sich hin, während sie in den Küche ging, um etwas für das Abendessen zuzubereiten, wonach sie ihren Teil aß und den Rest für ihre Eltern zurückstellte.

Dann ging sie zurück in ihr Zimmer und kniete nieder, um zu beten, und sagte: „Lieber Gott, wenn du mich hören kannst, heile bitte meine Eltern. Ich möchte, dass ihnen nichts passiert. Ich weiß, dass diese Krankheit langsam alle im Dorf dahinrafft, und niemand wird verschont."

Bitte, Herr, tu dies für mich. Ich brauche meine Eltern jetzt mehr denn je. Ich kann nichts ohne sie tun. Sie sind mein Leben, und ich bin ihr Leben. Ich vermisse alles an Mama und wie sie mich ausschimpft und den Art, wie sie lacht. Aber heute fällt es ihr schwer, überhaupt mit mir zu sprechen, genauso wie meinem lieben Vater. Diese Krankheit hat den Freude in unserer Familie gestohlen. Bitte, Herr, erfülle mein Gebet, indem Du meine Eltern heilst. Amen." Nach dem Gebet stand sie auf und legte sich wieder auf ihr Bett, um zu schlafen.

Am Morgen gähnte Lucinda, als sie den Augen öffnete. Dann stand sie auf und zog den Vorhänge auf, um zu sehen, dass den Sonne bereits aufgegangen war. Sie ging aus dem Zimmer und direkt in das Zimmer ihrer Eltern, während sie sie anstupste, um sie aufzuwecken, da sie angewidert von ihrem ungewöhnlich tiefen Schlaf war.

„Mama, Papa, bitte wacht auf," sagte Lucinda, während sie ihre Eltern anstupste, doch es regte sich nicht einmal ein Laut von ihnen, als ihre Körper da lagen wie ein Holzstamm, kalt wie gefrorenes Rindfleisch. Ängstlich legte Lucinda ihr Ohr an das Herz ihrer

Mutter, nur um festzustellen, dass kein Herzschlag zu spüren war. Sie wurde noch ängstlicher, als sie dasselbe bei ihrem Vater tat. Ihre Angst verwandelte sich in Hysterie.

„Mama, Papa, ihr habt versprochen, dass ihr nirgendwo hingeht. Bitte wacht auf!" rief Lucinda mit Tränen in den Augen.

„Bitte wacht auf. Ich habe zu Gott gebetet, dass er euch heilt. Ich habe ihm nicht gesagt, er soll mir meine Eltern wegnehmen. Bitte wacht auf. Ich verspreche, alles zu tun, was ihr wollt. Bitte wacht auf!" schrie Lucinda, während sie weiterhin ihre Eltern berührte, in der Hoffnung, dass einer von ihnen den Augen öffnet, doch es geschah nichts.

Sie rannte aus dem Haus und machte sich direkt auf den Weg zum Berg, was Stunden dauerte, bevor sie dorthin gelangen konnte.

„Wer könnte so an der Tür hämmern?" fragte Maya, als sie aufstand, um nachzusehen, wer es war. Sie war überrascht, als sie Lucinda barfuß und erschöpft aussah.

„Was ist los mit dir?" fragte Greg, als er aus dem Zimmer kam.

Lucinda saß still da und weinte.

„Wer ist hinter dir her? Sprich mit mir, Lucinda. Was ist das Problem? Was ist mit deiner Mutter und deinem Vater? Wo sind sie?" Maya stellte weiterhin ihre Fragen.

„Mama und Papa, sie sind ohne mich weggegangen," antwortete Lucinda zwischen den Tränen.

„Wie meinst du das? Ich verstehe es nicht," fragte Greg.

„Sie waren krank. Jeder im Dorf ist von dieser Krankheit betroffen, auch Mama und Papa. Gestern Morgen baten sie mich inständig, hierher zu kommen und eine Weile bei dir zu bleiben, aber ich weigerte mich und sagte ihnen, sie bräuchten mich in ihrer Nähe. Und heute Morgen wachte ich auf, um sie zu füttern, aber sie antworteten mir nicht. Ihre Körper waren so kalt. Sie hatten mir versprochen, dass sie ohne mich nirgendwo hingehen würden", sagte Lucinda.

„Willst du damit sagen, dass Annalise und Phil tot sind?" fragte Greg mit zitternden Lippen.

Lucinda nickte, den Tränen in den Augen.

„Das kann nicht wahr sein," sagte Maya, während sie ihre Enkelin festhielt, aber Lucinda nannte immer wieder den Namen ihrer Eltern, bis sie einschlief.

„Sie waren krank und haben es niemandem gesagt. Jetzt sind ihre Eltern weg. Das letzte Mal, dass ich meine Tochter gesehen habe, war, als ich Lucinda zurück nach Hause bringen wollte. Der Tod hat mich richtig betrogen.

Ich habe meine Tochter nicht ein letztes Mal sehen können, bevor sie diese Reise angetreten hat. Annalise und Phil, ihr hättet noch ein wenig warten sollen. Wie wird Lucinda ohne euch beide zurechtkommen?" fragte Maya, während sie den Tränen von ihren Wangen wischte.

„Obwohl ich gespürt habe, dass etwas mit mir nicht stimmt, wusste ich nicht, dass meine Tochter und ihr Ehemann sterben. Wenn ich es gewusst hätte, hätte ich sie hierher gebracht und mit natürlichen Kräutern behandelt.

Ich hatte seit einigen Jahren keine Gelegenheit, Phil zu sehen," klagte Greg bitter.

„Wir können den Leichen nicht dort lassen. Wir müssen sie verbrennen und den Asche für Lucinda, ihre Tochter, aufbewahren," sagte Maya.

„Bleib zurück, Liebes. Ich weiß, wie man das macht! Ich bin zurück, bevor den Nacht hereinbricht", sagte Greg zu Maya, den immer noch bitterlich klagte, während sie auf dem kleineren Sofa saß.

„Pass auf dich auf, und wenn du Annalise und Phil siehst, sag ihnen, dass wir sie vermissen", sagte Maya, als Greg das Haus verließ.

Greg nickte, stand auf und ging hinaus. Er nahm das Pferd und ritt hinunter ins Dorf.

Er kam zu dem Haus, in dem seine Tochter mit ihrem Ehemann lebte. Als er hinunterkam und das Pferd an den Baum band, ging er langsam hinein und traf auf seine Tochter und Phil, genau so, wie Lucinda sie verlassen hatte.

„Du hättest mir eine Nachricht schicken können. Irgendwie, Annalise, weiß ich, dass du nicht tot bist, weil ich alles Menschliche versucht hätte, um dich zu heilen. Dein Kind weint. Sie sagt ständig, dass ihr beide ohne sie gegangen seid. Du hast ihr so viele Versprechen gegeben, und keines davon gehalten. Sie sehnt sich nach euch beiden", sagte Greg zwischen Schluchzern und trauerte langsam, aber sicher.

Nach und nach konnte er den beiden Leichen aus dem Haus ziehen. Er legte sie auf das Holz und goss Öl über sie, bevor er sie in Brand setzte.

„Staub sind wir, und zu Staub werden wir zurückkehren," sagte Greg, während er den Asche in den Flasche goss, mit der er gekommen war.

Er stieg auf sein Pferd und trabte zurück zum Berggipfel. Er hatte Schmerzen, obwohl er sich weigerte, sie zu zeigen.

„Oma, werden meine Eltern jemals wieder nach Hause kommen?" fragte Lucinda mit Tränen in den Augen. Sie war aufgewacht und bombardierte Maya ständig mit Fragen über ihre Eltern.

„Sie werden zurückkommen, aber nicht bald," antwortete Maya. Sie fühlte sich schrecklich, da sie nicht glauben konnte, dass sie ihrer Enkelin gelogen hatte.

„Und Großvater? Wo ist er?" fragte Lucinda.

„Oh, er ist rausgegangen, um ein paar Dinge zu erledigen. Er wird jeden Moment zurück sein," antwortete Maya.

„Also, soll ich dir jetzt dein Essen bringen, damit du essen kannst?" fügte Maya hinzu.

„Wenn Mama und Papa nach Hause kommen, werde ich essen. Du hast doch gesagt, sie kommen nach Hause, oder? Kein Problem. Ich werde auf sie warten," sagte Lucinda, während sie ihr Kinn stützte.

„Ich bin zu Hause," sagte Greg, als er den Raum betrat. „Opa."

„Oma hat gesagt, dass meine Eltern nach Hause kommen, also warte ich auf sie," sagte Lucinda und setzte sich auf.

„Hier, nimm das," sagte Greg und überreichte Lucinda eine silberne Flasche. „Was ist das?" fragte Lucinda.

„Es ist ein Geschenk von deinen Eltern. Sie möchten, dass du es behältst, und bitte verleg es nicht," sagte Greg.

„Ein Geschenk von meinen Eltern? Wo sind sie?" sagte Lucinda, stand auf und rannte nach draußen. Sie kam ein paar Minuten später zurück, sah ihre Großeltern fragend an und sagte: „Ich habe überall nachgeschaut, aber ich konnte sie nicht finden. Wo sind sie?"

„Lucy, hör zu, deine Mama und dein Papa haben mir das vor langer Zeit gegeben, damit ich es für dich aufbewahre. Ich möchte, dass du es bekommst, weil du jetzt alt genug bist," log Greg.

„Warum habe ich das Gefühl, dass mir hier niemand den Wahrheit sagt? Wo sind meine Mama und mein Papa?" fragte Lucinda mit Tränen in den Augen.

„Sie wollen, dass du das als Erinnerung an sie bekommst. Sie könnten nicht so bald nach Hause kommen," antwortete Greg.

„Das ist nicht fair. Sie haben versprochen, überall mit mir hinzugehen. Sie haben mir dieses Versprechen gegeben. Selbst wenn Mama mich zurücklassen würde, vertraue ich meinem Papa. Ich bin seine kleine Prinzessin. Er sorgt dafür, dass ich jeden Tag glücklich bin. Er sagt zu allem, was ich tun möchte, ja. Du kannst mir nicht einfach sagen, dass meine Eltern nicht bald nach Hause kommen. Ich brauche sie jetzt. Hol sie für mich. Ich will mit ihnen mitgehen," schrie Lucinda, während Maya sie fest umarmte und ihr den Rücken tätschelte.

„Oma, ich will, dass sie nach Hause kommen," weinte Lucinda noch mehr zwischen den Tränen.

„Sie sind deinen Schreien nicht taub, und bitte, vertraue mir, Lucinda. Deine Eltern kommen zurück", antwortete Maya.

Die Atmosphäre war für Greg unangenehm. Er warf ihnen einen verstohlenen Blick zu und ging hinaus. Er hatte seine Tochter und seinen Schwiegersohn kremiert. Wenn ihm jemand gesagt hätte, dass seine Tochter an diesem Tag tot sein würde, hätte er dieser Person nicht geglaubt. Er meinte, dass der Tod ihnen einen Streich gespielt hatte.

Kapitel fünf

Greg und Maya hatten alles versucht

G reg und Maya hatten alles versucht, um Lucinda dazu zu bringen, das Zimmer zu verlassen, aber alles war vergeblich. Sie rührte sich nicht und nahm nur selten etwas zu essen. Am Morgen wachten Maya und Greg auf und setzten sich auf ihr Bett, wartend darauf, dass Lucinda ebenfalls aufwachte. Sie hatten vereinbart, ihr Vernunft einzureden.

Kurz darauf regte sich Lucinda, öffnete den Augen und richtete den Blick auf den Wand. Maya wischte den Tränen weg, den sich in ihren Augen an diesem frühen Morgen gesammelt hatten. In der Nacht hatte sie nicht schlafen können.

Der Tod von Annalise und ihrem Ehemann war sowohl für sie als auch für Greg traumatisch gewesen. Aber wie ein Mann trug Greg sich mit der Ruhe, den den Situation erforderte. Maya hingegen war noch immer in Schmerz, Traurigkeit und Angst versunken—den Angst, auch Lucinda zu verlieren.

Sie warteten, bis Lucinda vollständig wach war, bevor sie es wagten, mit ihr zu sprechen.

„Lucinda, wie fühlst du dich jetzt? Ich hoffe, du hast gut geschlafen“, sagte Maya.

„Ja, danke, Großmutter", antwortete Lucinda, ohne ihre Augen auch nur einen Zentimeter von der Wand abzuwenden.

„Lucinda, mein Liebes, du verletzt dich selbst, und du verletzt auch uns. Wenn deine Mutter hier wäre, würde sie nicht wollen, dass du so bist. Du kannst nicht für immer so weitermachen. Kopf hoch, mein Liebes, und dann gehen wir raus und haben zusammen etwas Spaß", sagte Greg.

„Wenn es meinen Eltern zurückbringen würde, mich selbst zu verletzen, dann bin ich bereit, mich bis in alle Ewigkeit zu verletzen. Sie haben diese Art von Grausamkeit nicht verdient. Wir lebten weit weg vom Dorf, und doch haben sie sich irgendwie angesteckt. Mama und Papa haben so sehr gelitten.

Warum hat den Natur sie nicht verschont? Ich brauche den Liebe meiner Eltern. Ich wollte, dass sie bei mir sind. Ich will einfach, dass meine Mama und mein Papa zu Hause sind", antwortete Lucinda, während Tränen ihre Wangen hinunterliefen.

„Wir wollen sie auch zu Hause haben, aber es ist geschehen. Der Tod ist das Einzige, worüber wir Menschen keine Macht haben. Das Mindeste, was wir tun können, ist, ihre letzten Wünsche zu respektieren, und du hast uns noch nicht das letzte gesagt, was deine Eltern dir vor ihrem Tod gesagt haben", sagte Maya.

„Sie haben nichts gesagt! Nichts!", antwortete Lucinda und brach in Tränen aus.

„Es ist in Ordnung, Kind. Bitte hör auf. Bitte", flehte Greg.

„Du weißt, dass Mama und Papa nichts verlangten; sie wollten nur, dass ich weit weg bin, damit ich den Krankheit nicht bekomme. Jeden Tag habe ich zum Schöpfer gebetet, meine Eltern zu heilen. Ich wollte ein Wunder. Ich habe geweint und gebettelt, aber offensichtlich blieb es ungehört. Am Tag ihres Todes bin ich wie gewohnt morgens aufgewacht, um für sie zu kochen, nur um ihre leblosen Körper vorzufinden. Mama, wenn du mich hören kannst, wisse, dass du mir so sehr wehgetan hast. Erinner dich, du hast versprochen, bis zum Ende der Zeit bei mir zu bleiben, aber du warst schnell weg, nachdem du ein Jahrzehnt mit mir verbracht hattest.

„Warum konntet ihr beide nicht dem Tod trotzen, um bei mir zu sein?" schrie Lucinda, als Greg vom Bett aufstand, sie fest hielt und tröstete.

Maya verließ mit Tränen in den Augen schnell das Zimmer und ging ins Wohnzimmer. Sie setzte sich auf das übergroße Sofa und weinte. Sie nahm eine alte Holzschachtel heraus, öffnete sie und zog den darin befindliche Muschel hervor, während sie ihre Hände darüber gleiten ließ und den Tränen darauf tropften.

Nach ein paar Minuten kam Greg ins Wohnzimmer, um Maya zu treffen, den den Ahnenmuschel hielt.

„Was ist mit Lucinda?" fragte Maya.

„Es ist mir gelungen, sie wieder zum Schlafen zu bringen. Warum hältst du den Muschel?" fragte Greg.

„Nun, sie wurde von Generation zu Generation weitergegeben, und ich weiß, dass sie ein Vermögen gekostet haben muss. Es macht mir nichts aus, sie zu verkaufen, um Lucinda das gute Leben zu geben, das sie verdient. Ich möchte sie weit wegbringen. Es tut weh, sie in so jungem Alter so viel Schmerz erleben zu sehen," sagte Maya.

„Sie weit wegzubringen ist gerade nicht das, was sie braucht. Sie will nur ihre Eltern zurück, und wir wissen, dass es unmöglich ist, aber ich hoffe, dass sie bald dieses schreckliche Ereignis loslassen wird," sagte Greg.

„Annalise, warum musstest du gehen? Kannst du nicht irgendwie zurückkommen? Ich weiß nicht wie, aber bitte, deine Tochter braucht dich," sagte Maya zwischen Tränen, den über ihre Wangen liefen und auf den Muschel tropften.

Greg nahm Maya den Muschel ab und legte sie zurück in den Schachtel, um sie trösten zu können.

„Du musst nicht weinen. Ich kenne dich. Annalise und Lucinda teilen dieselbe Eigenschaft. Tröste dich in Lucinda, bitte, mein Liebling. Du bist gerade so emotional, aber bitte sei stark für dein Enkelkind. Sie braucht dich. Sie braucht uns," sagte Greg, während er seine Frau umarmte.

Lucinda wachte später vormittags auf, weigerte sich jedoch, aus ihrem Bett aufzustehen, und lehnte jede Aufforderung ab, etwas zu essen. Am Abend stand sie vom Bett auf, als sie ein altes Bild ihrer Eltern an der Wand hängen sah. Sie nahm es herunter und lächelte, doch das Lächeln verwandelte sich schnell in Tränen.

„Ich vermisse euch, Annalise und Phil. Ich möchte, dass ihr beide nach Hause kommt. Ich möchte dieses Lächeln auf eurem Gesicht sehen, wann immer ich euch beim Vornamen nenne, Mama.

Ich vermisse all den Spaß, den wir zusammen hatten. Es macht Spaß, bei Oma und Opa zu sein, aber ich würde euch beide gegen nichts anderes auf der Welt eintauschen. Mama und Papa, warum konntet ihr nicht lange bleiben? Warum müsst ihr jetzt gehen?"

Ich wünschte, ich könnte den Uhr zurückdrehen, damit wir alle hierher kommen könnten. Wenn ihr mir nur zugehört hättet, vielleicht hättet ihr beide den Krankheit nicht bekommen und wärt sicher bei mir. Ich wünschte, ich hätte mich mehr bemüht, euch beide zu überzeugen, hierher zu kommen. Ich wünschte, ich hätte es mehr versucht", sagte Lucinda und wischte sich den Tränen mit dem Handrücken ab, während sie das Bild auf den Holzboden fallen ließ.

Lucinda stand auf und ging zum Fenster. Sie öffnete langsam den Vorhang, und nachdem sie dort etwa dreißig Minuten gestanden hatte, schlenderte sie zurück zu ihrem Bett. Als sie ihren Namen hörte, drehte sie sich um und schaute, sah aber niemanden. Sie schloss das Fenster und zog den Vorhänge wieder zu, als sie aus dem Zimmer ging.

„Oma!" rief Lucinda, als sie ins Wohnzimmer kam. Maya sprang aus der Küche, sobald sie Lucindas Stimme hörte.

„Lucinda, du bist aus dem Zimmer gekommen?" fragte Maya, überrascht und glücklich zugleich.

„Ja, wo ist Opa?" fragte Lucinda.

„Er ist gerade nach draußen gegangen. Ich glaube, er ist in ein paar Minuten zurück," antwortete Maya.

„Okay," sagte Lucinda, während sie sich umdrehte, um zurück zu ihrem Zimmer zu gehen. „Lucinda!" rief Maya.

„Ja, Oma," antwortete Lucinda, als sie sich wieder umdrehte.

„Warum setzt du dich nicht hierhin? Bitte geh jetzt nicht wieder ins Bett. Du warst seit dem Morgen dort. Du kannst im Wohnzimmer sitzen," bat Maya.

„Aber du bist in der Küche beschäftigt; wer wird dann bei mir im Wohnzimmer sein?" fragte Lucinda.

„Ich bin hier bei dir. Ich bin gar nicht so beschäftigt," log Maya, während sie zusah, wie Lucinda sich auf den Holzstuhl neben dem Herd setzte. Maya seufzte erleichtert, als sie sich ebenfalls setzte. Sie war glücklich, dass Lucinda endlich mit der Realität, ihre Eltern durch den Tod verloren zu haben, umgehen konnte.

„Also, was möchtest du, dass wir tun?" fragte Maya.

„Von allen Orten auf der Welt, warum hast du diesen Berg gewählt?" fragte Lucinda, den Hände am Kinn.

„Weil dieser Ort ruhig und himmlisch ist. Es gibt keine Störungen. Die Ruhe der Umgebung schenkt uns inneren Frieden", antwortete Maya lächelnd.

„Meine Mutter, deine Tochter, mochte sie es hier jemals? Sie hatte doch niemanden zum Spielen," fragte Lucinda.

„Annalise, deine Mutter, ist ein Geschenk Gottes. Sie war einzigartig. Sie war der Hauptgrund, warum wir diesen Ort gewählt haben, denn sie schätzte Ruhe mehr als alles andere, und das war auch der Hauptgrund, warum du und deine Eltern in der Nähe des Flusses lebten. Annalise war nicht der Typ, der viele Freunde hatte. Sie freundete sich mit den Tieren an. Als sie heiratete und wegzog, verspürte ich Schmerz. Meine Tochter ist mein wertvollster Schatz. Sie ist fort, aber ich bin glücklich, dass du hier bist," sagte Maya und kämpfte hart gegen den Tränen.

„Du weißt, es ist in Ordnung, diese Tränen herauszulassen. Das hat mir meine Mutter beigebracht. So wirst du dich viel besser fühlen", sagte Lucinda, während Maya sie anstarrte. Sie war überrascht, dass das von einem zehnjährigen Mädchen kam.

„Lucinda, du—"

„Ich verhalte mich wie ein Erwachsener, ich weiß. Meine Mutter sagt das oft zu mir. Immer wenn ich weine, halt mich nicht auf. Ich lasse nur meine Gefühle raus. Sie in mir festzuhalten, kann etwas Schlimmeres für mich bedeuten. Ich vermisse meine Eltern und jede einzelne Träne, den ich wegen ihres Todes vergieße, ist es wert. Also kann ich verstehen, wenn du wegen deiner Tochter Annalise und ihres Mannes Phil weinst. Sie verdienen jede Träne; sie sind es wert", sagte Lucinda.

„Du weißt, ich vermisse sie so sehr und ich habe Angst. Ich will nicht, dass dir etwas Schlimmes passiert. Bitte, Lucinda, bleib morgen nicht alleine in deinem Bett. Versuch, nach draußen zu kommen, wie du es heute Abend getan hast. Es tut mir so weh, dass du dir das antust", sagte Maya.

„Es tut mir leid, wenn ich mich verletzt habe, aber ich verspreche, mich nicht wieder zu verletzen. Weißt du warum?" fragte Lucinda.

„Nein, das weiß ich nicht. Aber warum, wenn ich fragen darf?" sagte Maya.

„Weil meine Eltern zu Hause sind. Ich habe ihre Stimme gehört und ich kann ihre Anwesenheit spüren," sagte Lucinda lächelnd.

Maya war schockiert, als sie das hörte, und schaute neugierig zu Lucinda.

„Ich bin nicht böse, Oma. Ich weiß, was ich sage; meine Eltern sind zurück," sagte Lucinda, während sie aufstand und zurück ins Zimmer ging.

Maya legte ihre Hand an ihr Kinn, während sie den sich zurückziehende Gestalt ihrer Enkelin betrachtete.

„Bitte heile meine Enkelin von diesem Schmerz. Sie ist noch zu jung und kann es nicht mehr ertragen," murmelte sie zu sich selbst.

In diesem Moment kam Greg herein und traf auf Maya, den in Gedanken versunken war.

„Maya!" rief Greg, aber es kam keine Antwort von Maya.

Er ging zu ihr und berührte sie, und sie kehrte ruckartig in den Realität zurück.

„Dein Körper ist hier, aber dein Geist ist verloren. Woran hast du gedacht?" fragte Greg, während er sich setzte.

„Lucinda ist rausgekommen, und wir haben geredet", antwortete Maya.

„Das sind gute Neuigkeiten. Aber abgesehen davon, warum siehst du so verloren aus?" fragte Greg.

„Lucinda hat mir erzählt, dass ihre Eltern zurück sind, und sie kann ihre Anwesenheit spüren", sagte Maya.

„Wow! Damit habe ich nicht gerechnet", sagte Greg.

„Ich hoffe nur, dass sie sich nicht verletzt. Ich habe Angst vor dem, was sie gesagt hat. Über ihre toten Eltern zu sprechen, den zurückkommen, ist verrückt", sagte Maya.

„Mach dir keine Sorgen. Ich weiß, dass Lucinda das überwinden wird. Sie ist jung, und was jetzt passiert, ist schon passiert. Sie ist jung, und sie wird heilen. Mach dir keine Sorgen", sagte Greg, während Maya lächelte und zurück in den Küche ging, um das Abendessen vorzubereiten.

Als Lucinda den Raum betrat, legte sie sich auf das Bett, und als sie aufblickte, begann sie zu sprechen: „Ich habe heute deine Stimme gehört, Annalise. Ich habe es gehört, als du meinen Namen gerufen hast. Das war deine Stimme, Mama. Ich weiß, dass du zurück bist. Ich kann mich daran erinnern, was Oma gesagt hat, dass du und Papa zurückkommen würdet, und weißt du was? Ich habe jedes Wort geglaubt, das sie mir an diesem Tag gesagt hat, weil ich weiß, dass meine Eltern nicht einfach weggehen können, ohne nach Hause zu kommen, um zu erfahren, wie es ihrem kleinen Engel geht. Diese vergangene Nacht ohne dich—nur eine Nacht—war den Hölle für mich. Opa und Oma haben versucht, mich zu trösten, aber ich will, dass ihr beide zu Hause seid, damit wir wieder zusammenleben können als eine glückliche Familie", sagte Lucinda, während sie den Augen schloss.

„Lucinda!" rief den Stimme erneut.

Lucinda lächelte und sagte: „Ich kann dich hören; obwohl ich im Moment nicht weiß, wo du bist, vertrau mir, ich werde dich finden."

Kapitel Sechs

An diesem schicksalhaften Morgen

An diesem schicksalhaften Morgen hatte Maya das Frühstück zubereitet, und nachdem sie Lucindas Portion aufgetan hatte, fuhr sie mit Greg für einen Notfall ins nächste Dorf. Etwas war dazwischengekommen. Lucinda schlief noch, als sie aufbrachen, doch Maya stellte das Essen so hin, dass sie es sehen konnte, bevor sie das Haus verließ und sich vergewisserte, dass den Haustür ordnungsgemäß abgeschlossen war.

Später am Vormittag wachte Lucinda auf und stellte fest, dass ihre Großeltern nicht im Zimmer waren. Sie ging ins Wohnzimmer, doch sie waren nicht da, und dann in den Küche. Dort erkannte sie, dass sie allein im Haus war, und beim Umschauen sah sie ihr Essen ordentlich für sie auf dem Küchentisch bereitgestellt.

Sie stand da, starrte das Essen an und fragte sich, wohin ihre Großeltern gegangen sein könnten. Natürlich wusste sie, dass sie zu einem wichtigen Auftrag aufgebrochen sein mussten und sie nicht wecken wollten, solange sie noch schlief.

„Aber wo könnten sie sein? Wohin könnten sie gegangen sein?" wunderte sich Lucinda laut, während sie aus der Küche zurück ins Wohnzimmer ging. Als sie versuchte, den Haustür zu öffnen, stellte sie fest, dass sie auch von außen abgeschlossen war. Dann ging sie durch den Hintertür hinaus, den sie von innen öffnete.

Als sie hinaustrat, ging sie zum Pferdestall an der Seite des Hauses. Seit ihrer Trauerzeit war sie nicht mehr dort gewesen. Nachdem sie den Stalltür aufgeschlossen hatte, trat sie ein und sah den Pferde am Boden angebunden.

„Wow, sie sehen immer noch wunderschön aus", murmelte Lucinda leise, während sie mit den Fingern über den Körper der beiden Pferde strich.

„Hast du einen Namen? Wie soll ich euch nennen?" fragte Lucinda. „Ich werde mir Namen für euch zwei ausdenken", sagte sie lächelnd.

„Ich denke, ich muss öfter hierherkommen", fügte sie hinzu, drehte sich um und ging hinaus.

„Lucinda!" rief den Stimme erneut.

„Das ist definitiv den Stimme meiner Mutter. Wo kann ich dich finden, Mama?" sagte Lucinda und schaute sich um, wer ihren Namen gerufen hatte, aber ohne jede Spur von Angst.

„Lucinda! Ich bin hier", sagte den Stimme. „Wo bist du?" fragte Lucinda.

„Was machst du hier?" fragte Maya, als sie hereinkam.

„Du und Opa wart nicht da, also habe ich mich durch den Hintertür selbst hinausgelassen", antwortete Lucinda.

„Und mit wem hast du gesprochen? Ich habe gehört, wie du in den Luft gefragt hast: ‚Wo bist du?'" fragte Maya.

„Meine Mama hat meinen Namen gerufen, und sie sagte, sie sei hier drin", antwortete Lucinda.

Maya schaute sie an, dann blickte sie sich um, bevor sie zu Lucinda sagte: „Deine Mutter ist nicht hier, Lucinda."

„Wenn du früher gekommen wärst, hättest du gehört, wie sie meinen Namen gerufen hat. Ich schwöre, sie ist hier drin", sagte Lucinda.

Maya nahm Lucindas Hand und ging mit ihr aus dem Stall. Sie schloss ihn ordnungsgemäß ab und ging mit ihr hinein.

„Lucinda, Liebes, hör zu. Niemand hat dich gerufen. Es ist nur so, dass deine Fantasie dir einen Streich spielt", sagte Maya.

„Das stimmt nicht. Ich weiß, was ich gehört habe, Oma. Meine Mama ist wieder hier. Ich kann ihre Stimme hören. Es ist nicht meine

Schuld, wenn du sie nicht hören kannst", sagte Lucinda unter Tränen und rannte ins Zimmer.

„Gott, was passiert hier?" fragte Maya, als sie sich auf den Stuhl im Wohnzimmer setzte.

„Ist alles in Ordnung?" fragte Greg, als er hereinkam und Maya mit gesenktem Kopf vorfand.

„Alles ist nicht in Ordnung. Ich habe Angst. Ich weiß nicht, was mit Lucinda los ist", antwortete Maya.

„Wie meinst du das? Geht es ihr nicht gut?" fragte Greg und setzte sich.

„Ihr geht es gut. Ich kam zurück und merkte, dass sie nicht in ihrem Zimmer war, aber ich fand sie im Stall. Ohne dass sie wusste, dass ich hinter ihr war, hörte ich sie jemanden fragen, wo sie sei.

Ich versuchte zu fragen, wer den Person sei, und sie sagte, es sei ihre Mama und sie sei zurück. Als ich versuchte, ihr klarzumachen, dass es nur eine Einbildung sei, den ihr einen Streich spielt, schrie sie und sagte: ‚Es ist nicht meine Schuld, wenn ich den Stimme nicht hören kann.' Dann rannte sie ins Zimmer. Ich habe Angst um sie. Ich habe Angst vor ihrem Verhalten. Was könnte los sein?" fragte Maya.

„Vielleicht spielt ihre Fantasie ihr wirklich einen Streich", sagte Greg.

„Aber sie würde das nicht verstehen, und sie will nichts hören, was ihren Gedanken widerspricht", antwortete Maya erschöpft.

„Wo ist sie?" fragte Greg.

„Im Zimmer natürlich. Wo sonst?" antwortete Maya, als Greg sich entschuldigte und ins Zimmer ging.

„Darf ich reinkommen?" fragte Greg, als er an der Tür stand.

„Komm rein", antwortete Lucinda, als Greg eintrat und sich ans Bettende setzte.

„Du siehst nicht gut aus. Was ist das Problem, Liebes?" fragte Greg.

„Ich habe den Stimme gehört. Sie war laut und klar. Ich weiß, dass meine Mama irgendwo hier in der Nähe ist, und ich muss sie finden", antwortete Lucinda.

„Welche Stimme meinst du?" fragte Greg.

„Meine Eltern sind zurück. Ich weiß, dass ich diese Stimme gehört habe. Oma glaubt mir nicht. Sie denkt, es sei meine Fantasie, den mir einen Streich spielt", antwortete Lucinda.

„Wie sicher bist du, dass deine Eltern zurück sind? Und warum bist du den Einzige, den diese Stimme hören kann?" fragte Greg ruhig.

„Ich bin hundertprozentig sicher, aber ich weiß nicht, warum ihr den Stimme nicht hören könnt. Es ist nicht meine Schuld", antwortete Lucinda.

„Hör zu, mein Engel. Deine Eltern sind nicht zurück. Selbst wenn sie zurückkommen würden, nicht so bald. Vielleicht hast du ihre Stimmen gehört, weil du so viel an sie gedacht hast", antwortete Greg.

„Habe ich dich je angelogen?" fragte Lucinda mit blitzenden Augen.

„Nein, das hast du nicht. Warum fragst du?" fragte Greg.

„Warum fällt es dir dann schwer, mir zu glauben, wenn ich sage, dass meine Eltern zurück sind? Ich habe den Stimme gehört, und ich weiß, dass es ihre Stimme ist. Nichts, was du je sagen oder tun könntest, kann mich davon überzeugen, dass meine Eltern nicht zurück sind. Mach dir keine Sorgen, Opa, irgendwann wirst du selbst herausfinden, dass meine Eltern tatsächlich wieder hier sind", antwortete Lucinda.

„Lucinda, mein Liebes, ich zweifle nicht an dir, aber mein Problem ist, dass du den Einzige bist, den den Stimme hört", sagte Greg.

„Ich weiß es nicht, Opa. Ich kann es auch nicht wissen", antwortete Lucinda.

„In Ordnung, wenn du das sagst. Ich werde dich in dieser Sache nicht weiter belästigen", sagte Greg.

„Heißt das, du glaubst mir jetzt?" fragte Lucinda.

„Natürlich glaube ich dir", sagte Greg halb widerwillig, da er den Sache nicht weiter vertiefen wollte.

„Ich treffe mich mit deiner Oma. Wir haben Dinge zu erledigen", sagte Greg.

„In Ordnung, pass auf dich auf", antwortete Lucinda lächelnd.

Greg stand auf und ging aus dem Zimmer, als Lucinda ihn rief und sagte: „Danke, dass du mir glaubst." Greg lächelte und ging aus dem Zimmer.

Er betrat den Küche, wo Maya Zwiebeln schnitt. „Irgendwelche Fortschritte?" fragte Maya, noch beschäftigt mit ihren Händen.

„Keine Fortschritte. Vielleicht sind ihre Eltern zurück, und nur sie kann den Stimmen hören", sagte Greg achselzuckend.

„Glaubst du ihr?" fragte Maya.

„Natürlich, ich habe keine Wahl. Dieses Mädchen hat uns noch nie angelogen. Es ist nicht ihre Fantasie, oder ihr Verstand spielt ihr einen Streich. Sie weiß, was sie gehört hat, und laut ihr ist es den Stimme ihrer Eltern. Selbst wenn wir sie nicht hören können, ist das Einzige, was wir tun können, ihr zu glauben. Das ist das Einzige", antwortete Greg.

„Aber…"

„Es gibt keine Aber in diesem Fall, Maya. Lucinda durchlebt schon genug. Ihre Eltern sind direkt vor ihren Augen gestorben. Mit zehn hat sie schon viel durchgemacht, und du weißt, dass Lucinda nicht jemand ist, der eines Morgens aufwacht und Geschichten erfindet, nur um unsere Aufmerksamkeit zu erlangen. Laut ihr hat sie eine Stimme gehört, und diese Stimme gehört ihren Eltern. Das Wenigste, was wir tun können, ist, ihr zu glauben, auch wenn wir den Stimme nicht hören können. Aber eines ist sicher: Annalise und Phil sind zurück, und ihre Tochter spürt nur ihre Präsenz", antwortete Greg.

„Aber wird Lucinda je wieder in Ordnung sein?" fragte Maya.

„Lucinda ist mehr als in Ordnung. Wenn sie etwas sagt, glaube ihr. Ich bitte dich. Das ist das Einzige, was sie von uns will", antwortete Greg.

„Wenn du es sagst", antwortete Maya widerwillig.

„Ich werde im Stall sein. Ich muss nach den Pferden sehen", sagte Greg und ging sofort.

Maya beendete das Kochen und richtete das Essen an, stellte Lucindas Essen auf ein Tablett und trug es zu ihr.

„Danke, Oma", sagte Lucinda und nahm das Essen von ihr entgegen.

„Gern geschehen", antwortete Maya.

„Wohin gehst du? Komm und setz dich zu mir, bitte", flehte Lucinda.

„Oh! Okay", sagte Maya und setzte sich zu ihrer Enkelin.

„Ich war heute bei den Pferden. Sie sind wunderschön und majestätisch. Sie sind so prächtige Geschöpfe. Ich hoffe, dass ich ihnen nahekommen darf?" fragte Lucinda.

„Ja, natürlich, mein Liebes, du darfst ihnen nahekommen. Wir haben sie eine Woche nachdem ich dich nach Hause geholt habe gekauft. Opa brauchte etwas, um seine Fortbewegung zu erleichtern, und ich auch, wann immer nötig", antwortete Maya.

„Ich liebe sie beide", antwortete Lucinda grinsend.

„Oh, tust du das?" fragte Maya.

„Ja, und ich plane, beiden einen Namen zu geben. Ich habe über einen passenden Namen nachgedacht, aber bis morgen sollte ich etwas gefunden haben", antwortete Lucinda.

„Damit bin ich einverstanden", antwortete Maya.

„Während ich hier bin, hat Mama wieder gerufen, und diesmal fühlte es sich an, als ob sie etwas belastet. Sie ist traurig über etwas", antwortete Lucinda.

„Du meinst Annalise, meine Tochter?" fragte Maya, nicht mehr ganz überrascht.

„Ja, meine Mama. Ich hatte das Gefühl, dass sie traurig ist, weil ich Zeit brauche, um herauszufinden, wo sie ist", antwortete Lucinda.

„Woher weißt du, dass diese Stimme den Stimme deiner Mama ist?" fragte Maya.

„Wenn du den Stimme meiner Mama hörst, könntest du sie erkennen?" fragte Lucinda.

„Klar, das könnte ich. Sie ist meine Tochter", antwortete Maya.

„Ja, das stimmt. Sie ist deine Tochter, und du hast viele Jahre mit Annalise gelebt. Also kannst du ihre Stimme erkennen, wenn sie spricht. Genau so kann ich ihre Stimme erkennen, weil sie ein Jahrzehnt bei mir war, seit sie mich geboren hat", antwortete Lucinda.

„Wenn du sie also findest, sagst du mir, wo sie ist?" fragte Maya.

„Wenn sie einverstanden ist, sage ich es nur Opa, da du mir nicht glaubst", antwortete Lucinda.

„Ich glaube dir. Du hast uns noch nie angelogen, also kannst du jetzt nicht anfangen zu lügen oder Geschichten zu erfinden. Ich glaube dir, Liebes", antwortete Maya.

„Wow! Danke, dass du mir glaubst", antwortete Lucinda lächelnd.

„Gern geschehen", sagte Maya und umarmte Lucinda. „Jetzt iss dein Essen, mein Liebes", sagte Maya lächelnd.

Maya saß still da und beobachtete, wie Lucinda ihr Essen aß. Sie dachte schweigend darüber nach, ob Greg vielleicht doch recht hatte und Annalise zurück war. Tatsache ist, dass nur Lucinda den Stimme ihrer

Mutter hören kann. Sie schaute aus dem Fenster, während sie weiter mit sich selbst sprach: Ich habe mir gewünscht, dass du zurückkommst.

Ich weiß nicht wie, aber komm zurück für deine Tochter. Anscheinend hast du mich gehört. Wenn du wirklich zurück bist, Annalise, geh nicht; bleib bei deiner Tochter, bleib so lange du kannst, auch wenn wir dich nicht sehen können. Deine Präsenz hat sie sehr verändert und holt den alte Lucinda zurück, den wir kennen.

Kapitel Sieben

Lucinda stand vom Bett auf

Lucinda stand von ihrem Bett auf und brachte den Laterne näher zu sich heran.

Langsam und geräuschlos öffnete sie den Tür und ging durch den Hintertür hinaus. Ihre Großeltern schliefen bereits, daher wollte Lucinda sie nicht wecken. Leise schlich sie auf Zehenspitzen zum Stall, schloss ihn leise auf und schlüpfte hinein. Sie ging zu den Pferden und stellte fest, dass sie noch wach waren, während sie den Laterne auf den Boden stellte.

„Ich bin's, Lucinda", sagte Lucinda, während sie mit den Händen über den beiden Pferde strich.

„Lucinda!" rief den Stimme erneut, als Lucinda sich umsah.

„Ich kann dich hören, Mama. Wo bist du?" sagte Lucinda und schaute sich um.

Das weiße Pferd rückte näher an Lucinda heran, als sie sich umdrehte.

„Lucinda, ich bin's. Meine Seele lebt in diesem Pferd", sagte das weiße Pferd.

„Mama, du bist in diesem Pferd? Wie kommt das? Wie hast du das geschafft? Was hast du getan?" fragte Lucinda.

„Wow! Die Seelen meiner Eltern leben in diesen Pferden", rief Lucinda glücklich aus.

„Ich habe dich vermisst. Dein Vater und ich haben dich so sehr vermisst", sagte das weiße Pferd.

„Ich habe euch auch vermisst und wusste, dass ihr irgendwie zurückkommen würdet. Ich war mir sicher, als ich deine Stimme hörte. Sogar Oma sagte, meine Fantasie spiele mir einen Streich, aber ich wusste, dass es keine Fantasie war. Danke, dass ihr zurückgekommen seid", sagte Lucinda, umarmte das weiße Pferd und ging dann zurück, um das braune Pferd zu umarmen.

„Da deine Seele in diesem weißen Pferd lebt, nenne ich dich Anna, und da Papa in diesem braunen Pferd lebt, nenne ich ihn Phil", sagte Lucinda.

„Deine Großeltern werden denken, du verlierst den Verstand", sagte Phil.

„Ich werde es ihnen sagen. Sie werden mir glauben", sagte Lucinda.

„Ich bezweifle es, Lucinda. Sie werden dir nicht glauben", sagte Anna.

„Was deine Mutter sagt, stimmt, Lucinda. Sie werden dir nicht glauben, also versuche nicht, sie zum Glauben zu bringen. Du bist den Einzige, den uns hören kann. Sie können es nicht und werden es nie können", antwortete Phil.

„Nun, ob sie glauben oder nicht, ist mir egal. Du bist meine Anna, und du bist mein Phil", sagte Lucinda und berührte den beiden Pferde.

„Du solltest jetzt ins Bett zurückgehen, Lucinda. Es ist spät", sagte Anna.

„Aber ich möchte mehr Zeit mit euch beiden verbringen", antwortete Lucinda ziemlich entschieden.

„Deine Mutter hat recht, Lucinda. Geh zurück ins Bett. Wir sehen dich morgen früh. Wenigstens weißt du jetzt, dass wir hier sind. Du kannst jederzeit kommen, um uns zu sehen", warf Phil ein.

„Ja, Lucinda, geh zurück ins Bett, wir wollen auch schlafen", sagte Anna.

„In Ordnung, gute Nacht, Mama und Papa", antwortete Lucinda, küsste den beiden Pferde, nahm ihre Laterne mit, ging aus dem Stall und schloss ihn ordnungsgemäß ab. Als sie zur Hintertür kam, öffnete sie sie langsam, schlich auf Zehenspitzen hinein, ging direkt zu ihrem Bett, legte sich hin und deckte sich zu.

„Gute Nacht, Lucinda, wir lieben dich", sagten den Stimmen.

„Gute Nacht, Mama; gute Nacht, Papa. Ich kann euch hören, auch wenn eine Entfernung uns trennt", sagte Lucinda, lächelte, schloss den Augen und schlief ein.

„Wach auf, Oma", sagte Lucinda und tippte ihrer Großmutter auf, um sie zu wecken.

Maya öffnete langsam den Augen und sah Lucinda auf dem Bett sitzen.

„Guten Morgen", sagte Lucinda, als sie sah, dass ihre Oma nun hellwach war.

„Guten Morgen. Du bist so früh auf. Gibt es ein Problem? Hattest du einen Albtraum?" fragte Maya.

„Albtraum? Nein, im Gegenteil, ich hatte den beste Nacht aller Zeiten. Bezüglich der Pferde. Womit füttert ihr sie heute Morgen?" fragte Lucinda.

„Warte. Hast du mich so früh geweckt, um mich zu fragen, was den Pferde essen werden, oder bist du hungrig?" fragte Maya und setzte sich auf.

„Ich bin nicht hungrig. Ich rede von den Pferden. Was werden sie essen?" fragte Lucinda erneut.

„Hmmm. Sind den Pferde jetzt dein Problem, Lucinda? Seit wann?" fragte Maya.

„Oh ja, Oma. Sie hatten gestern nichts zu essen, also was werden sie heute essen? Sie sollten ihr Morgenfutter wenigstens vor zehn Uhr bekommen", sagte Lucinda.

„Lucinda, ist alles in Ordnung mit dir?" fragte Maya.

„Die Pferde müssen essen. Es scheint, als würdest du mir kein Futter für sie geben. Lass mich stattdessen mit Opa sprechen", sagte Lucinda, stand auf, ging um das Bett herum zu Opas Ecke des großen Bettes. Maya beobachtete sie neugierig.

Sie tippte Greg auf den Schulter und weckte ihn. „Guten Morgen, Opa", sagte Lucinda.

„Guten Morgen, Liebes. Bist du schon auf? Du hast mich gerade geweckt. Ich hoffe, alles ist in Ordnung?" fragte Greg.

„Sie hat mich auch geweckt, nur um nach Futter für den Pferde zu fragen", wandte sich Maya an ihren Mann, während Greg Lucinda mit fragenden Augen ansah.

„Nun, Oma sagte nichts, also muss ich dich auch wecken. Was werden den Pferde heute Morgen essen? Sie sind hungrig. Ich bin sicher, sie hatten gestern nichts zu essen", antwortete Lucinda, während Greg sie mit offenem Mund ansah.

„Machst du Witze, Lucinda?" fragte Greg.

„Ich bin ernst, Opa. Was werden den Pferde heute Morgen essen? Sie werden jeden Moment hungrig sein", sagte Lucinda.

„Die Pferde sind Tiere, Lucy. Sie sind keine Menschen wie wir", warf Maya ein.

„Sprich für dich, Oma. Wer hat dir gesagt, dass sie keine Menschen sind? Nun, ich habe das weiße Pferd Anna genannt, nach meiner Mama, und das braune Pferd habe ich Phil genannt", antwortete Lucinda.

„Bitte, ich hoffe, ich träume nicht", sagte Greg.

„Du träumst nicht, Opa. Ihr sagt beide nichts. Wenn kein Futter verfügbar ist, sagt mir, wo ich welches für sie holen kann", flehte Lucinda.

„Lucinda, ist alles in Ordnung?" fragte Greg.

„Ja, alles ist in Ordnung, Opa", antwortete Lucinda.

„Warum also den plötzliche Zuneigung zu den Pferden?" fragte Greg.

„Das wollte ich auch fragen", antwortete Maya.

„Lass mich sagen: Sie repräsentieren zwei Menschen, den mir in diesem Leben am wichtigsten sind, und das sind meine Mama und mein Papa. Ich bin überglücklich, dass sie zurück sind", sagte Lucinda lachend.

„Lucy, gibt es etwas, das du uns nicht sagst?" fragte Greg.

„Absolut nichts. Ich brauche nur Futter für den Pferde", antwortete Lucinda.

„Du willst nur Futter, richtig?" fragte Maya.

„Ja, nur Futter, das ist alles", antwortete Lucinda.

„In Ordnung, ich hole das Futter für dich", antwortete Greg.

„Okay, also wirst du sie baden, richtig?" fragte Lucinda.

„Ja, das werde ich", antwortete Greg.

„Danke, Opa. Ich muss jetzt baden", sagte Lucinda und ging aus dem Zimmer.

„Etwas stimmt nicht mit meiner Enkelin. Der Tod ihrer Eltern wirkt sich auf sie aus. Siehst du das nicht? Es verwandelt sie in etwas anderes. Ich verliere meine Enkelin", antwortete Maya.

„Nein, du hast sie nicht verloren. Wir müssen einfach tun, was immer sie will. Mit der Zeit wird sie den wahre Sache verstehen, den ihren Eltern passiert ist. Wir müssen mitspielen, bis sie alt genug ist. Wenn wir diesen Moment für sie ruinieren, wird sie wieder in den Abgeschiedenheit zurückkehren, und das will ich nicht", antwortete Greg.

„Wie lange wird das noch so weitergehen?" fragte Maya.

„So lange, wie sie braucht, um mit der Wahrheit fertigzuwerden", sagte Greg, während er aus dem Bett aufstand.

„Lass mich etwas zu essen für den Pferde holen und sie auch baden, bevor Lucinda mir den Kopf abreißt", sagte Greg, stand auf und ging aus dem Zimmer.

Maya folgte ihm und ging direkt in den Küche, um etwas zum Frühstück zuzubereiten.

Greg selbst ging direkt zum Stall, öffnete ihn, reinigte das Innere, entfernte den Pferdemist, bevor er den beiden Pferde nach draußen brachte, um sie gründlich zu baden.

Dann ging er zurück in den Stall, füllte das Wasser nach und lagerte Heu für sie zum Fressen ein. Als er fertig war, brachte er den Pferde zurück in den Stall, bevor er ins Haus zurückkehrte, um zu baden und zu frühstücken. Lucinda war nach dem Baden in den Küche gegangen, um ihre Großmutter beim Kochen zu treffen.

„Oma, darf ich dir eine Frage stellen?" sagte Lucinda. Mayas Herz raste für einen Moment, aber sie hielt sich zusammen, damit Lucinda den Angst in ihren Augen nicht sah.

„Klar, das darfst du", antwortete Maya.

„Können Pferde sprechen?" fragte Lucinda.

„Das ist lächerlich. Tiere sprechen nicht. Nein, Pferde können nicht sprechen", antwortete Maya.

„Was, wenn jemand herauskommt und behauptet, sie könne den Tiere sprechen hören?" fragte Lucinda.

„Vielleicht, wenn den Person irgendeine Art von Magie besitzt", antwortete Maya.

„Gibt es Magie?" fragte Lucinda.

„Magie gibt es sicher, aber ich habe noch keine gesehen. Also sage ich, sie ist selten", antwortete Maya.

„In Ordnung", sagte Lucinda und ging hinaus, bevor Maya sie aufhielt.

„Warum fragst du das alles? Ist etwas passiert?" fragte Maya.

„Ich wollte nur wissen, ob Tiere sprechen können und ob Menschen sie hören können; das ist alles", antwortete Lucinda.

„Hey, Opa!" sagte Lucinda mit einem Lächeln im Gesicht, als Greg in den Küche kam.

„Hast du…?"

„Musst nicht fragen, Lucinda. Ich habe alles erledigt", antwortete Greg.

„Oh, okay, das ist sehr nett von dir. Danke, Opa", antwortete Lucinda.

„Was machst du also in der Küche?" fragte Greg.

„Ich bin gekommen, um Oma zu fragen, ob Tiere sprechen können und ob Menschen sie hören können", antwortete Lucinda.

„Tiere sprechen nicht, und selbst wenn, würden Menschen sie nicht verstehen", sagte Greg.

„Vielleicht solltest du nicht verallgemeinern. Nur weil du sie nicht hören kannst, heißt das nicht, dass sie nicht sprechen, und es heißt auch nicht, dass manche Menschen sie nicht verstehen können", antwortete Lucinda.

„Warum sagst du das?" fragte Greg.

„Lucinda, kommunizierst du jetzt mit den Tieren?" fragte Maya, da sie sich nicht mehr zurückhalten konnte.

„Oh, du nennst sie nicht Tiere. Die Pferde haben Namen, Anna und Phil, und sprich sie mit ihren Namen an. Nur weil sie keine Menschen wie wir sind, sollten wir sie nicht wie Müll behandeln", antwortete Lucinda.

Greg und Maya schauten sich an, bevor Greg sagte: „Sprichst du mit Anna und Phil?"

„Oh ja, ich habe gestern Nacht mit ihnen gesprochen. Wir verstehen uns perfekt", antwortete Lucinda.

„Das ist nicht möglich", sagte Maya.

„Sprich für dich, Oma. Du glaubst mir nicht immer, aber ich bin sicher, Opa glaubt mir. Als Mama noch lebte, sagte sie immer, dass nichts im Leben unmöglich ist. Nur weil es für andere unmöglich ist, heißt das nicht, dass es für dich unmöglich sein wird", sagte Lucinda, stand auf und ging aus der Küche.

„Meine Enkelin hat den Verstand verloren", sagte Maya und ließ den Löffel, den sie hielt, auf den Holzboden fallen.

„Ich bin so verwirrt", antwortete Greg.

„Du glaubst ihr immer. Glaubst du ihr diesmal?" fragte Maya.

„Es ist unmöglich. Lucinda kann unmöglich mit Tieren sprechen. Oh Gott, was ist mit Lucinda los?" fragte Greg.

„Zuerst weckt sie mich, um den Pferde zu füttern, und jetzt kann sie mit ihnen sprechen. Und heute Morgen sieht sie so strahlend und lebendig aus; ich habe Angst, dass ihr etwas Schlimmes passieren könnte", sagte Maya.

„Ich weiß nicht, was ich sagen soll, aber ich mache mir keine Sorgen", antwortete Greg.

Maya fuhr mit dem Kochen fort, während Greg den Küche verließ, um nach Lucinda zu sehen.

Kapitel Acht

Lucinda, wohin?

„Lucinda, wohin?" fragte Maya.

Maya hatte Lucinda in den Küche gerufen, um ihr Essen abzuholen. Sie eilte zur Hintertür und wollte sie gerade öffnen, als Maya sie aufhielt und fragte, wohin sie mit dem Essen gehe.

„Ich gehe in den Stall; ich möchte dort essen", antwortete Lucinda.

„Lucinda, du kannst hier essen", sagte Maya ruhig.

„Aber ich möchte dort essen. Ich möchte mit den Pferden sprechen, während ich esse", antwortete Lucinda.

„Mit den Pferden sprechen? Wie kannst du mit Tieren sprechen? Du verstehst nicht einmal ihre Sprache, Lucinda. Niemand versteht Tiere", antwortete Maya.

„Nun, ich verstehe sie. Deshalb möchte ich dort essen, damit ich mit ihnen sprechen kann", sagte Lucinda und ging mit dem Essen in den Händen hinaus.

Maya ging, um Greg zu rufen, der im Wohnzimmer saß und zeichnete.

„Ich weiß nicht, was mit deiner Enkelin los ist. Sie sagte, sie wolle im Stall essen, als ich fragte, warum sie mit den Pferden sprechen wolle. Lucinda hat den Verstand verloren. Davon bin ich überzeugt. Es ist offensichtlich, dass der Tod ihrer Eltern sie beeinflusst hat, aber ist es schon so weit gekommen, dass sie mit Tieren spricht?" tobte Maya.

„Wo ist sie jetzt?" fragte Greg.

„Im Stall", antwortete Maya.

Greg stand auf und ging zum Ausgang der Haustür, Maya folgte ihm. Beide gingen direkt zum Stall. Sie öffneten den Tür leise, um kein Geräusch zu machen, und fanden Lucinda, den den Pferden Heuwürfel fütterte. Als sie fertig war, aß sie dann ihr Essen. Maya und Greg schlossen den Tür und gingen zurück ins Haus.

„Vielleicht sollten wir den Pferde verkaufen", schlug Maya vor.

„Ich sehe nichts Falsches daran, dass sie den Pferde füttert oder im Stall bleibt, um zu essen. Die Pferde geben ihr diese Freude, den wir ihr nicht geben können. Sie dienen ihr als Begleiter, und schau, sie ist glücklich. Wenn wir den Pferde verkaufen, könnte sie sich verletzen. Wir könnten sie verlieren", antwortete Greg.

„Aber es wird zu viel. Jede Nacht und jeden Tag ist sie in diesem Stall bei den Pferden, lacht und spricht, als ob sie sie verstehe", sagte Maya.

„Wenn diese Pferde das Einzige sind, was sie glücklich machen kann, dann sollten wir sie lassen. Die Pferde wegzunehmen würde Unheil bedeuten. Ich bin sicher, du willst nicht den alte Lucinda zurück, den wegen des Todes ihrer Eltern zur Einsiedlerin wurde. Lass sie in Ruhe, okay?" fragte Greg und setzte sich schwer auf das übergroße Sofa, sein Lieblingsplatz.

„Aber…"

„Lass es. Sie ist noch ein Kind, und das macht sie glücklich", sagte Greg.

„In Ordnung, wenn du das sagst. Lass mich den Blumen gießen", sagte Maya und ging aus dem Wohnzimmer.

„Mama, gibt es keinen Weg, dass du und Papa aus diesen Tieren herauskommen könnt?" fragte Lucinda.

„Wir haben kaum noch ein paar Jahre, um hier zu bleiben. Mach dir keine Sorgen, Lucinda, uns geht es hier gut, solange wir den Gelegenheit haben, dir nahe zu sein", antwortete Anna.

„Wie meinst du das?" fragte Lucinda.

„Mach dir keine Sorgen, Lucinda, du bist noch ein Baby. Mach dir keine Sorgen, aber mit der Zeit wirst du es verstehen können", antwortete Phil.

„Okay, wenn ihr das sagt", antwortete Lucinda.

„Vielen Dank, Lucinda, für alles. Du hast deine Großeltern dazu gebracht, sich so sehr um uns zu kümmern, indem sie uns jedes Mal baden und füttern, alles dank dir", sagte Phil.

„Das ist das Wenigste, was ich tun kann, Papa. Du und Mama lebt im Körper dieser Pferde, also muss ich helfen. Oma war sogar überrascht, als ich ihr sagte, dass ich hier essen komme. Ich kann es nicht mehr erklären, weil sie mir nicht glauben. Sie denken, ich werde verrückt", antwortete Lucinda.

„Lucinda, du kannst nicht erwarten, dass sie dir glauben, weil sie uns nicht hören können. Du bist den Einzige, den uns hören kann", sagte Anna.

„Okay. Soll ich mehr Heuwürfel für euch beide holen?" fragte Lucinda.

„Danke, Lucinda. Du bist eine Tochter, den mehr wert ist als Gold. Der Himmel hat den Tag gesegnet, an dem ich dich geboren habe. Du hast dich als mehr als nur unsere Tochter erwiesen, und glücklicherweise bist du mit außergewöhnlicher Weisheit gesegnet. Vielen Dank, Lucinda", sagte Anna.

„Gern geschehen", antwortete Lucinda lächelnd.

„Kannst du uns nach draußen bringen? Ich muss den Sonne auf meiner Haut spüren", flehte Anna.

„Klar, das ist kein Problem", sagte Lucinda, öffnete den kleine Tür, hielt den beiden Seile fest und ging mit den Pferden hinaus.

„Wow! Es fühlt sich wie eine Ewigkeit an", sagte Anna und setzte sich ins Gras.

„Ich freue mich, dass es dir gefällt. Das erinnert mich daran, Papa, Opa hat mir eine silberne Flasche gegeben, und als ich sie öffnete, enthielt sie Asche. Als ich fragte, sagte er, es sei ein Geschenk von euch beiden", antwortete Lucinda.

„Ja, er hat recht. Bewahre diese Flasche sicher bei dir auf. Es sind Teile von uns. Sie gehört uns", antwortete Phil.

„Dein Opa kommt, und versuche nicht, ihn zu überzeugen, weil er dir nicht glauben wird", sagte Anna.

Greg ging näher zu Lucinda und sagte zu ihr: „Was, wenn diese Pferde weglaufen?"

„Sie werden nicht weglaufen. Wer verlässt sein Zuhause, um in ein fremdes Haus zu gehen?" antwortete Lucinda.

„Ich verstehe nicht", sagte Greg.

„Dies ist jetzt ihr Zuhause, also sind sie hier in Ordnung. Sie können nicht weglaufen, wenn ein Teil von ihnen hier lebt", antwortete Lucinda.

„Wie alt bist du nochmal?" fragte Greg mit großem Erstaunen.

„Ich bin immer noch zehn, aber werde in ein paar Monaten elf", antwortete Lucinda lächelnd.

„Bitte bring sie rein", flehte Greg.

„Sie wollten den Sonne auf ihrer Haut spüren. Wenn sie in Ordnung sind, werden sie mir Bescheid geben, damit ich sie wieder reinbringen kann", antwortete Lucinda.

„Sie werden dir Bescheid geben?" fragte Greg.

„Ja, sie werden mir Bescheid geben. Mach dir keine Sorgen, Opa. Ich habe das im Griff. Ihnen passiert nichts, solange ich hier bin, und vertrau mir, sie werden nicht weglaufen", antwortete Lucinda.

„Aber…"

„Vertraust du mir, Opa?" fragte Lucinda.

„Ich tue es, aber…"

„Keine Aber. Wisse einfach, dass ihnen nichts passiert", antwortete Lucinda, während Greg sich umsah und langsam wegging.

Greg ging hinein und rief Maya, und zusammen gingen sie ans Fenster, um Lucinda zu beobachten.

„Was macht Lucinda mit den Pferden?" fragte Maya.

„Laut ihr wollte sie, dass den Pferde den Sonne auf ihrer Haut spüren, und deshalb hat sie den Pferde herausgebracht", antwortete Greg.

„Aber was, wenn sie weglaufen? Sie kann unmöglich zwei Pferde handhaben. Sie ist erst zehn", sagte Maya.

„Genau das habe ich sie auch gefragt, aber sie erinnerte mich daran, dass so etwas nie passieren wird. Aber es ist seltsam, dass den Pferde so ruhig sind, wann immer sie bei ihr sind", bemerkte Greg.

„Wow! Tatsächlich ist nichts unmöglich. Ich werde nicht mehr mit ihr über diese Bindung zu den Pferden sprechen", sagte Maya.

„Da sie so viel Freude und Frieden darin findet, all das zu tun, sollten wir nicht eingreifen, aber wir sollten sie genau beobachten", sagte Greg.

„Lass mich sie rufen, damit sie ihr Mittagessen isst", sagte Maya.

„In Ordnung. Kein Problem", sagte Greg und sah zu, wie Maya aus dem Haus ging.

Maya ging hinaus zu Lucinda mit den Pferden und bat sie, zum Mittagessen zu kommen.

„Ich komme, Oma, lass mich sie nur in den Stall bringen", antwortete Lucinda.

Maya stand still da und beobachtete, wie Lucinda den Pferde hineinführte. Sie kam ein paar Minuten später heraus, und zusammen gingen sie und Maya ins Haus. Lucinda ging direkt in den Küche, wusch sich den Hände, nahm den Teller mit ihrem Essen und ging ins Wohnzimmer.

Lucinda setzte sich auf das kleinere Sofa und aß schweigend ihr Essen. Als sie fertig war, ging sie zurück in den Küche, wusch den Teller und stellte ihn an seinen Platz.

„Wohin wieder?" fragte Maya, als sie Lucinda den Küche verlassen sah.

„Bitte sag mir nicht, dass du wieder in den Stall gehst. Versuche, dich ein bisschen auszuruhen, Lucinda", sagte Maya.

„Ich gehe nicht in den Stall. Ich gehe ins Zimmer, um zu schlafen", antwortete Lucinda.

„In Ordnung, geh und schlaf, Liebes", sagte Maya und sah zu, wie Lucinda direkt ins Zimmer ging.

Lucinda legte sich hin und schloss den Augen. Bevor sie es merkte, schlief sie ein.

„Ich kann sie nicht finden. Wo könnten sie sein?" fragte Lucinda weinend.

„Aber wir haben sie hier gelassen", sagte Greg.

„Sie sind nicht hier. Wer hat den Pferde mitgenommen?" schrie Lucinda, fiel auf den Boden und weinte sich in einen Stupor.

„Mach dir keine Sorgen. Ich hole ein anderes Pferd", antwortete Maya.

„Ich will kein anderes Pferd. Ich will den zwei Pferde zurück. Ich brauche sie zurück. Bringt sie zu mir zurück", jammerte Lucinda noch mehr.

Greg durchsuchte den gesamte Gegend, konnte aber keines der Pferde finden. Lucinda war unruhig, traurig und melancholisch. Wenn ihre Großeltern nur wüssten, warum sie den zwei Pferde wollte und dass den Seelen ihrer Eltern in den Pferden leben.

„Wir können morgen hinausgehen und jenseits dieser Bergketten nach ihnen suchen", sagte Greg.

„Nein, lass uns jetzt gehen; morgen könnte zu spät sein", sagte Lucinda.

„Aber es ist schon dunkel. Wie sollen wir sie finden? Wir müssen bis zum Morgen warten, und es sieht so aus, als würde es regnen", sagte Maya.

„Umso mehr Grund, heute zu gehen. Die Pferde können nicht im Regen draußen sein", antwortete Lucinda.

„Bitte, Lucinda", flehten Maya und Greg in der Hoffnung, dass sie ihre Meinung ändern würde.

„Ich sagte nein!" schrie Lucinda und wachte auf.

„Je, das war alles nur ein Traum?" sagte Lucinda und wischte sich den Augen mit dem Handrücken.

Maya und Greg waren in Lucindas Zimmer gestürzt, um zu erfahren, was mit ihr los war.

„Lucinda, bist du in Ordnung?" fragte Maya.

Lucinda stand auf und rannte aus dem Zimmer zum Stall. Maya und Greg folgten ihr, als das Trio zum Stall rannte. Lucinda schloss ihn auf und stürzte hinein, um zu sehen, dass den Pferde noch an ihren Plätzen angebunden waren. Sie war erleichtert, dass ihr Traum keine Realität war. Dann umarmte sie sie abwechselnd.

„Ich dachte, ich hätte euch beide verloren", sagte Lucinda lächelnd.

„Lucinda, was ist das Problem?" fragte Greg.

„Ich hatte einen schlechten Traum, in dem jemand den Pferde gestohlen hatte, und du und Oma habt euch geweigert, mir zu folgen, um in der Nacht nach den Pferden zu suchen", sagte Lucinda.

Maya und Greg schauten sich an und ließen Lucinda im Stall.

„Ich habe dir gesagt, dass, wenn diese Pferde Lucinda weggenommen werden, sie sterben könnte. Sie hat geträumt, dass jemand den Pferde gestohlen hat, und sie verhält sich so. Was wird passieren, wenn es in der Realität geschieht?" sagte Greg.

„Ich hoffe, niemand nimmt sie uns weg. Wir haben in der Vergangenheit schon so viele Tiere verloren. Die Person, den hinter dem Stehlen steckt, sollte bitte meine Enkelin bemitleiden und diese Pferde in Ruhe lassen, denn im Moment sind diese Pferde ihre Freude und ihr Frieden", sagte Maya, als den beiden hineingingen, um mit dem fortzufahren, was sie taten.

Kapitel Neun

Dieser ganze Ort ist so laut

„Dieser ganze Ort ist so laut, dass ich mich kaum selbst hören kann", sagte Lucinda.

„Deshalb nennt man es einen Markt", antwortete Maya.

Die drei waren zum nahegelegenen Dorfmarkt gegangen, um Lebensmittel zu besorgen. Es war das erste Mal, dass Lucinda auf den Markt ging. Selbst als ihre Eltern noch lebten, zogen sie es vor, sie zu Hause zu lassen, anstatt sie mitzunehmen.

Sie waren fast zu Hause, als Lucinda Maya rief: „Oma", sagte Lucinda und tippte ihrer Großmutter auf den Schulter.

„Was ist?" fragte Maya.

„Die Tür. Die Tür ist offen!" sagte Lucinda, fast schreiend, und zeigte auf das Haus.

„Oh nein, bitte lass es nicht sein, dass sie wieder unsere Sachen gestohlen haben", sagte Greg, während sie alle ihre Schritte beschleunigten. Sie kamen ins Haus und gingen in den Zimmer, um ihre Habseligkeiten zu überprüfen, aber Lucinda ging direkt zum Stall, um nach den Pferden zu sehen. Als sie dort ankam, sah sie, dass den Tür offen war. Sie eilte hinein, und den Pferde waren nirgends zu sehen.

„Mama, Papa, ich bin hier", sagte Lucinda und ging näher heran, in der Hoffnung, dass den Pferde aus ihrem Versteck kommen würden.

Aber es gab nirgends eine Bewegung. Und als sie auf den Boden schaute, sah sie, dass den Leinen der Pferde durchgeschnitten worden waren.

„Nein!" sagte Lucinda, fiel auf den Boden und weinte.

Greg und Maya hörten ihre Stimme und rannten zum Stall, um zu sehen, was das Problem war. Sie kamen hin und stellten fest, dass jemand den Pferde gestohlen hatte.

Maya rannte zu Lucinda und hielt sie fest umarmt.

„Warum tun sie das? Warum haben sie nicht etwas anderes gestohlen? Warum mussten es den Pferde sein?" sagte Lucinda, während Tränen frei aus ihren Augen strömten.

„Mach dir keine Sorgen, wir besorgen dir ein anderes", sagte Greg und tröstete sie.

„Das ist das Problem. Ich will kein anderes Pferd. Ich brauche Anna und Phil. Ich brauche sie. Sie sind nicht nur Pferde; sie sind ein Teil von mir", sagte Lucinda weinend.

„Aber es gibt keinen Weg, sie zu finden", antwortete Maya.

„Ich will sie zu Hause haben. Bitte, Opa, hilf mir", antwortete Lucinda und hielt den Hände ihres Opas.

Greg war verwirrt, was er tun sollte. Er wusste nicht, wo er mit der Suche nach den Pferden beginnen sollte. Maya versuchte, Lucinda zu trösten, aber alles vergeblich, da sie entschlossen war, kein anderes Pferd zu akzeptieren.

„Mama, Papa, bitte tut mir das nicht an. Papa, kannst du mich hören? Bitte, ihr beide solltet mich nicht allein hier lassen. Ihr seid meine Freude, mein Glück und mein Frieden. Ich hätte nicht zugestimmt, mit Opa und Oma auf den Markt zu gehen.

Ich wäre geblieben, um euch beide zu beschützen. Wo immer ihr seid, bitte kommt nach Hause, und selbst wenn ihr nicht nach Hause kommen könnt, sagt mir, wo ihr seid, dann komme ich und hole euch selbst nach Hause. Ich will euch nicht ein zweites Mal verlieren.

Sagt mir, wo ihr seid, Mama. Papa, sprich mit mir, bitte. Dieser Ort wird den Hölle sein ohne euch beide an meiner Seite. Bitte kommt nach Hause", sagte Lucinda in sich hinein, während Tränen weiter frei aus ihren Augen strömten.

Sie war am Boden zerstört. Ihre Großeltern würden nicht verstehen, warum sie den zwei Pferde zurückbrauchte, und egal wie sehr sie es erklärte, sie würden es nicht verstehen.

Wenn sie nur wüssten, dass den Seelen ihrer Eltern in diesen zwei Pferden lebten, dann würden sie nicht vorschlagen, sie durch neue zu ersetzen.

„Lucinda, hilf uns, bitte", sprach den Stimme.

Lucinda schaute sich um und stand abrupt auf, zum Erstaunen ihrer Großeltern.

„Wo seid ihr? Sagt es mir, bitte. Opa und ich kommen, um euch zwei nach Hause zu bringen", murmelte Lucinda in einem unhörbaren Flüstern. Sie achtete darauf, dass Greg und Maya sie nicht hörten, natürlich. Sie wollte nicht, dass sie dachten, sie sei verrückt.

„Die Straße, den zum Markt führt. Auf der linken Seite liegt ein Wald; sucht tief, und ihr werdet uns finden. Bitte seid schnell. Wenn ihr noch mehr Zeit vergeudet, findet ihr uns hier nicht mehr", antwortete den Stimme.

„Opa! Ich weiß, wo sie sind. Bitte folge mir. Lass uns den Pferde holen, bevor sie ihnen wehtun", sagte Lucinda und wischte sich den Tränen mit dem Handrücken ab.

„Das ist nicht möglich", antwortete Maya.

„Bitte, Oma, glaube mir diesmal, ich flehe dich an. Ich weiß, wo sie sind. Wenn wir noch mehr Zeit vergeuden, könnten sie ihnen wehtun. Bitte überzeuge Opa", sagte Lucinda, ging zu ihrem Opa und sagte: „Bitte, Opa, ich bitte dich darum. Wenn du mir folgst, wäre ich den glücklichste Person. Bitte sag nicht nein. Du tust das nicht für mich. Du tust das für deine Tochter Annalise und Phil."

Maya und Greg schauten sich an, als Greg sich entschuldigte und hineinging. Er kam mit seinem Jagdgewehr heraus.

„Lasst uns gehen; lasst uns sie nach Hause bringen", antwortete Greg.

„Vielen Dank, Opa", sagte Lucinda und umarmte ihren Opa.

Lucinda ging hinaus, Greg folgte ihr. Sie waren eine lange Strecke gewandert, bis sie an den Teil kamen, der zum Markt führte. Als Lucinda versuchte, in den Wald einzudringen, berührte Greg sie und bat sie zu warten.

„Was ist das Problem, Opa?" fragte Lucinda.

„Wir betreten den Wald, und ich weiß, dass du noch nie hier gewesen bist", antwortete Greg.

„Vertrau mir, Opa. Sie hat mir gesagt, dass sie dort drin sind", antwortete Lucinda.

„Wer ist sie?" fragte Greg.

„Lasst uns gehen, Opa, bevor sie ihnen wehtun", antwortete Lucinda, wanderte in den Wald, während Greg von hinten folgte. Sie waren so tief gegangen, doch es gab keine Spuren der Pferde.

„Lucinda, lass uns nach Hause gehen. Sie sind nicht hier, und es wird spät", flehte Greg.

„Sie sind irgendwo in der Nähe. Wir können nicht so weit kommen, nur um mit leeren Händen nach Hause zu gehen. Wir müssen mit den Pferden nach Hause gehen", antwortete Lucinda.

„Bitte, Lucinda, wir können nicht weitermachen; lass uns zurückgehen", antwortete Greg.

„Wo seid ihr? Sprecht mit mir, bitte. Wir können nicht so weit kommen, damit ihr jetzt schweigt. Opa will, dass wir nach Hause gehen, und er hat recht. Bitte, Mama, sag etwas, ich flehe dich an", sagte Lucinda in sich hinein und hoffte, dass ihre Mama sofort antworten würde.

„Kommt weiter, Lucinda. Bitte geht nicht zurück", antwortete den Stimme.

Lucinda lächelte, drehte sich um, hielt den Hand ihres Großvaters und führte ihn tiefer in den Wald.

„Ich glaube, ich habe sie gesehen", sagte Lucinda, rannte näher zu den Pferden und umarmte sie.

„Opa, hilf mir, sie loszubinden", flehte Lucinda, als Greg half, den Seile zu lösen.

„Ich bin so froh, dass ihr beide in Sicherheit seid", sagte Lucinda und berührte das weiße Pferd.

„Danke, dass ihr uns geholt habt", sagte Phil.

„Ich weiß nicht, was passiert wäre, wenn ihr zurückgegangen wärt. Danke, Lucinda", sagte Anna.

„Ihr müsst mir nicht danken. Ich bin einfach froh, dass ihr beide in Sicherheit seid", antwortete Lucinda lächelnd.

„Wer dankt dir?" fragte Greg überrascht.

„Oh, sie danken mir", antwortete Lucinda.

„Wann hast du den Sprache der Pferde verstanden, um zu wissen, dass sie dir danken?" fragte Greg.

„Ich kann es nicht erklären, aber vertrau mir, Opa, du wirst es nicht verstehen", antwortete Lucinda.

„Lucinda", rief Greg aus.

„Opa, lass uns gehen", sagte Lucinda.

Greg hob Lucinda hoch und setzte sie auf das weiße Pferd, während er das braune Pferd benutzte, und sie machten sich auf den Heimweg. Greg war erstaunt, wie Lucinda mit den Pferden umging.

Maya ging in ihr Zimmer, setzte sich auf das Bett und sagte: „Keines unserer Tiere bleibt zu lange bei uns hier. Sie stehlen sie uns immer, und genau das sind den Quellen der Freude für das Glück unserer Enkelin. Sie haben sie uns auch gestohlen. Ich hoffe, sie finden den Pferde. Ich will den alte Lucinda nicht zurück. Ich will nicht, dass sie jeden Tag in ihrem Zimmer weint. Gott, bitte hilf uns."

Maya bückte sich, holte den alte Schachtel heraus und schloss sie leise auf. Sie nahm den Muschel heraus, hielt sie und lächelte. Maya war glücklich, dass den Diebe den Muschel nicht mitgenommen hatten. Sie legte sie zurück, verschloss den Schachtel und stellte sie wieder unter ihr Bett. Sie stand auf, ging in den Küche und bereitete das Abendessen zu.

Kapitel Zehn

Greg war immer noch verwirrt

Greg war immer noch verwirrt darüber, wie Lucinda wusste, wo den Pferde waren, während sie nach Hause galoppierten. Plötzlich spürte er Lucindas Hand, den ihn tippte, als er sich umdrehte, um sie anzusehen.

„Ich habe dich gerufen, aber es scheint, als sei dein Geist weit weg von hier", sagte Lucinda.

„Oh, entschuldige, mein kleiner Engel. Ich habe nur über etwas nachgedacht", antwortete Greg.

„Möchtest du es mit mir teilen? Ich kann helfen", sagte Lucinda.

„Wie bist du darauf gekommen, dass den Pferde hier sind, und du hast etwas davon gesagt, dass den Pferde dir danken?" fragte Greg.

„Wenn jemand etwas Nettes für dich tut oder in einer Notlage hilft, was sagst du normalerweise zu der Person?" fragte Lucinda.

„Du sagst das Wort ‚danke'", antwortete Greg.

„Ich habe ihnen geholfen, und deshalb haben sie ‚danke' gesagt", antwortete Lucinda lächelnd.

„Das ist unmöglich, Lucinda", sagte Greg.

„Nur weil du sie nicht hören kannst, heißt das nicht, dass ich sie nicht hören kann. Wir sind zwei verschiedene Individuen, Opa, und eines, das deine Tochter Annalise mir beigebracht hat, ist, dass nichts unmöglich ist", antwortete Lucinda.

„Ich habe Annalise, meiner Tochter, beigebracht, dass nichts in diesem Leben unmösglich ist, und sie hat dasselbe an dich weitergegeben. Aber in diesem Fall, Lucinda, glaube ich nicht, dass du den Sprache der Tiere verstehen kannst", sagte Greg.

„Ich verstehe den Sprache der Tiere nicht. Ich verstehe diese zwei. Sie sind keine Tiere, Opa. Sie haben Seelen. Ich weiß, dass du es nicht verstehst", antwortete Lucinda, während sie das weiße Pferd streichelte.

„Sag deinem Opa, er soll sich festhalten. Wir verlassen diesen Wald bald, bevor es dunkel wird", sagte Phil.

„Opa, kannst du dich festhalten? Wir stehen vor einer neuen Fahrt", sagte Lucinda lächelnd.

„Halte dich fest, Baby; bist du bereit?" fragte Anna.

„Ja, ich bin so bereit", antwortete Lucinda, als den Pferde schnell durch den Waldwege galoppierten, und bevor sie es merkten, waren sie aus dem Wald heraus. Es dauerte nicht einmal eine Stunde, bis sie zu Hause ankamen und von den Pferden abstiegen.

„Ich wusste nicht, dass sie so schnell sind", sagte Greg keuchend.

„Oh doch, das sind sie", antwortete Lucinda, hielt das Seil und führte den Pferde hinein.

„Wir sind jetzt zu Hause", sagte Lucinda, als sie mit den Pferden in den Stall ging.

„Ich dachte, wir würden sterben. Diese Schläger waren gemein zu uns. Sie haben uns grob behandelt", sagte Anna.

„Danke, dass ihr gekommen seid", sagte Phil.

„Alles für meine Eltern; ich bin froh, dass ihr beide in Sicherheit seid. Was könnte mehr sein als das?" antwortete Lucinda, nahm den Heuwürfel und fütterte den Pferde.

„Die Hunde, Kaninchen und den anderen Tiere, den sie gefangen haben—wir haben herausgefunden, dass sie diese Tiere von Menschen stehlen, sie dann in den Wald bringen und sie für Essen töten", sagte Anna.

„Das ist so grausam. Warum würden sie das tun?" fragte Lucinda.

„Die Frage ist, wer und wer sagt ihnen von diesen Tieren und wo sie sind?" warf Phil ein.

„Du hast recht, Papa, aber wer könnte das sein?" fragte Lucinda.

„Viele Fragen brauchen Antworten. Du musst essen und dich ausruhen, und dann erzähle ich dir alles, was du wissen musst", sagte Anna.

„Kennst du sie?" fragte Lucinda.

„Natürlich tue ich das, und ich weiß, warum sie tun, was sie tun. Lucinda, geh und ruhe dich aus. Wir sprechen später, und danke für den Heuwürfel", sagte Anna. Als sie ihren Kopf näher brachte, berührte Lucinda sie, gab ihr einen Kuss und tat dasselbe bei Phil.

„Ich mache euch beiden heute ein Versprechen. Kein Schaden wird euch wieder zustoßen. Vertraut mir. Ich werde alles in meiner Macht Stehende tun, um sicherzustellen, dass ihr beide in Sicherheit seid. Ich weiß, ich bin gerade vor ein paar Tagen elf geworden. Ich bin klein, aber mächtig. Ihr habt kein gewöhnliches Kind großgezogen. Ihr habt eine Kämpferin großgezogen, den nie aufgibt, auch wenn der Kampf hart wird. Sie werden euch nicht wieder mitnehmen; das verspreche ich", sagte Lucinda.

„Das ist ein ziemlich großes Versprechen, Lucinda", sagte Phil.

„Ihr beide habt mir in der Vergangenheit Versprechen gemacht, und ihr habt sie alle gehalten. Jetzt ist es an mir, dasselbe für meine Eltern zu tun", antwortete Lucinda.

„Dein Papa und ich lieben dich so sehr, und wir sind für immer dankbar, dich geboren zu haben", sagte Anna.

„Ich liebe euch beide mehr", sagte Lucinda lächelnd.

„Jetzt lauf, iss und ruhe dich aus. Wir sehen dich morgen", sagte Anna.

„Gute Nacht", sagte Lucinda und ging aus dem Stall. Sie verschloss ihn ordnungsgemäß, bevor sie durch den Hintertür ins Haus ging.

„Ich bin froh, dass ihr den Pferde holen konntet. Wenigstens kann Lucinda uns etwas Frieden geben", sagte Maya.

„Ja, aber eines verblüfft mich immer noch. Es fühlt sich an, als kommuniziere sie klar mit den Pferden", sagte Greg.

„Das ist nicht möglich", sagte Maya.

„Genau das habe ich zu ihr gesagt. Sie sagte mir, nichts sei unmöglich und dass manche Dinge besser unausgesprochen bleiben", antwortete Greg.

„Wie wusstest du, dass sie mit den Pferden spricht?" fragte Maya.

„Wie konnte sie wissen, wo den Pferde festgehalten wurden? Sie sagte, den Pferde danken ihr, und sie wusste, wo sie waren, als den Pferde losgaloppieren wollten. Sie musste mich bitten, mich auf den Fahrt vorzubereiten, und mich warnen, als den Pferde schnell durch den gewundenen Pfade im Wald galoppierten und uns rechtzeitig nach Hause brachten", sagte Greg.

„Hmmm. Wirklich? Du hast das miterlebt?" sagte Maya, schwieg offensichtlich nachdenklich. Und nach einer Ewigkeit fügte sie hinzu: „Seit Annalise und Phil gestorben sind, hat sich alles an Lucinda verändert, seit sie eine ungewöhnliche Zuneigung zu diesen Pferden entwickelt hat und so viel Freude und Frieden in ihrer Gesellschaft findet."

„Ich bin auch misstrauisch ihr gegenüber, ob sie nur ein Kind ist, aber ich kann nicht ewig fragen, weil ich glaube, ich werde es nie verstehen", antwortete Maya.

„Ich beobachte einfach schweigend, wie sich den Dinge entwickeln", sagte Greg.

„Mach dir keine Sorgen. Lucinda ist in Sicherheit, und ich weiß, was immer zu ihr spricht, ist ein freundlicher Geist. Also lass es sein", antwortete Maya.

„Was du sagst, ist wahr, aber ich muss sicher sein, dass ich meine Enkelin nicht verliere", sagte Greg.

„Und wer sagt, dass du mich verlierst?" fragte Lucinda, als sie ins Zimmer kam und an der Wand lehnte.

„Wie lange bist du schon da?" fragte Maya.

„Lange genug, um zu wissen, als Opa sagte, er fühlt, dass ich mit den Pferden kommuniziere", antwortete Lucinda.

„Hast du unser Gespräch belauscht?" fragte Maya.

„Ja. Ich kam aus dem Stall und wollte ins Zimmer gehen, als ich euch beide hier reden hörte, und ich musste lauschen", sagte Lucinda.

„Lucinda…", rief Maya.

„Was du gesagt hast, ist nicht falsch, Opa. Ich kommuniziere mit ihnen, aber ihr beide würdet mir nie glauben. Eines solltet ihr verstehen: Diese Pferde sind ein Teil von mir, und alles, was ihnen wehtut, tut mir weh. Es gibt keinen Grund, misstrauisch zu sein, Oma. Ich habe es unzählige Male erklärt, aber es scheint, als würdet ihr beide es nie verstehen. Anna und Phil sind Teil dieser Familie. Sie sind nicht nur Pferde. Ich weiß, mit der Zeit werdet ihr beide es verstehen", antwortete Lucinda.

„Wir…", wollte Greg sprechen, aber Lucinda unterbrach ihn mild.

„Ich weiß, ihr versucht, auf mich aufzupassen; ich verstehe das, aber niemand tut mir weh. Diese Pferde können mir nicht wehtun, weil ich ein Teil von ihnen bin. Ich werde auch nicht verrückt. Ich schwöre, ich verliere nicht den Verstand. Ich weiß, manchmal spreche ich weit über mein Alter hinaus, aber ich schätze, so war mein Schicksal geplant. Ich will nur glücklich sein, und diese Pferde sind den Quelle meines Glücks. Ich bin nur traurig, dass ihr beide denkt, etwas stimmt nicht mit mir, aber mir geht es gut. Eure Enkelin hat den Verstand nicht verloren", sagte Lucinda.

„Sie ist traurig. Sie hat gerade ihren Schmerz und ihre Bitterkeit uns gegenüber ausgeschüttet. Selbst der Ton, in dem sie mit uns gesprochen hat, erklärt alles", sagte Maya.

„Vielleicht sollten wir uns entschuldigen, aber ich bin immer noch verwirrt", sagte Greg.

„Lass es gehen, Greg. Vielleicht ist das so, wie das Schicksal ihr Leben geplant hat", antwortete Maya.

„Ich weiß nicht, was ich sonst sagen soll. Ich nehme ein schnelles Bad. Du solltest mit dem Essen fertig sein. Dann können wir zusammen zu Lucinda gehen und mit ihr sprechen", sagte Greg, stand auf und ging aus der Küche, während Maya weiter Kartoffeln schälte.

Als Maya mit dem Kochen fertig war, richtete sie Lucindas Portion an, und als sie zu Greg kam, der auf dem übergroßen Sofa saß, winkte sie ihm, damit sie zusammen zu Lucinda ins Zimmer gehen konnten.

Lucinda stand am Fenster und schaute hinaus, als ihre Großeltern hereinkamen. Sie drehte sich nicht um, ihre Augen waren auf den Sterne fixiert.

„Lucinda, wir haben dein Essen gebracht, und wir wollen uns auch bei dir entschuldigen", sagte Maya.

„Schau nach oben und sieh, wie schön der Himmel ist", sagte Lucinda, immer noch auf den Sterne fokussiert.

„Sie sind schön", antwortete Greg.

„Weißt du, meine Eltern haben immer zu mir gesagt: ‚Lucinda, du bist schön wie den Sterne‘, obwohl ich das jetzt eine Weile nicht mehr von ihnen gehört habe“, sagte Lucinda.

„Du brauchst uns nicht ständig daran zu erinnern, wie schön du bist, Lucinda, mein Liebes. Es tut mir so leid“, sagte Greg.

„Kein Problem, Opa, und danke für das Kompliment. Vielleicht solltet ihr beide euch nicht so viele Sorgen um mich machen. Ich kann auf mich selbst aufpassen. Seid versichert, dass mir kein Schaden zustoßen wird“, sagte Lucinda, drehte sich um und setzte sich auf ihr Bett.

„Iss auf, mein Liebes. Das Essen wird kalt“, sagte Maya, als Lucinda ihren Löffel nahm und leise und langsam zu essen begann.

Greg ging, noch bevor Lucinda mit dem Essen fertig war, aber Maya wartete, und sobald Lucinda fertig war, nahm sie den Teller und stand auf, um zu gehen. An der Tür drehte sie sich um und sagte: „Falls deine Eltern zurück sind, wie du sagst, und du sie hören kannst, sag ihnen, sie sollen über dich wachen, weil du jetzt viel für uns bedeutest“, sagte Maya.

„Sie haben das gehört; mach dir keine Sorgen“, antwortete Lucinda und sah zu, wie Maya das Zimmer verließ.

Lucinda stand auf und schaute ein letztes Mal in den Himmel, bevor sie das Fenster schloss. Sie trank das Glas Wasser, das dort stand, legte sich ins Bett und deckte sich zu, um zu schlafen.

„Du weißt, du bist immer schön, und du leuchtest so hell wie den Sterne, beleuchtest jeden Ort, den deine Füße berühren, weil das Licht um dich herum so hell leuchtet und Menschen Licht gibt.“ Es war Annas Stimme, den ruhig sprach, gefolgt von einer sanften Brise, den durch den Fenster sickerte.

„Ich habe das gehört, Mama“, sagte Lucinda in sich hinein.

„Gute Nacht, Lucinda“, sagte den Stimme wieder.

„Gute Nacht, Papa und Mama. Ich hoffe, den Ewigkeit mit euch beiden verbringen zu können“, sagte Lucinda, schloss den Augen und schlief ein.

Kapitel Elf

Lucinda wachte an diesem Morgen auf

Lucinda wachte an diesem Morgen auf, nahm ihr Bad und eilte zum Stall. Sie war begierig darauf, zu hören, was ihre Mama ihr erzählen wollte. Als sie dort ankam, schloss sie den Tür auf und ging hinein. Sie ließ das Heu, das sie trug, fallen und beobachtete, wie den Pferde es fraßen.

„Wie war eure Nacht?" fragte Lucinda.

„Gut, wenigstens haben wir nicht in diesem Wald geschlafen", antwortete Anna.

„Deine Mama hat alles gesagt", warf Phil ein.

„Also, denkst du nicht, es ist Zeit, mir alles zu erzählen?" fragte Lucinda.

„Sie kamen nur wegen einer Sache: der angestammten Muschel, den von Generation zu Generation weitergegeben wurde", antwortete Anna.

„Welche Muschel meinst du?" fragte Lucinda.

„Diese Muschel ist magisch und wurde von Generation zu Generation weitergegeben. Ich war den Nächste in der Reihe, den diese Muschel bekommen sollte, den ich an dich weitergeben würde, Lucinda, aber den Dinge haben sich geändert. Unsere Geister schwebten bereits umher, in der Hoffnung, dem Schöpfer zu begegnen, als meine Mutter Maya den Muschel herausnahm und einen Wunsch äußerte. Mit ihren

Tränen, den darauf fielen, bat sie darum, dass wir auf irgendeine Weise zurückkehren. Sie wollte, dass wir zurückkommen, wegen dir", erklärte Anna.

„Aber warum können Opa und Oma euch nicht hören, und ich bin den Einzige, den euch hören kann? Ich verstehe das nicht", fragte Lucinda.

„Weil sie in ihrem Wunsch spezifisch war. Sie sagte, sie wolle, dass wir nur wegen dir zurückkommen, Lucinda. Die einzigen lebenden Wesen, den hier atmen, sind diese Pferde. Deshalb kamen unsere Seelen in sie hinein", erklärte Anna.

„Warum haben sie euch beide also weggebracht? Wer steckt dahinter?" fragte Lucinda.

„Stephen. Er steckt hinter all dem. Sie hatte den Zählung der gestohlenen Tiere hier verloren, was sie dazu brachte, keine mehr zu kaufen. Stephen hat immer nach der magischen Muschel gesucht. Er ist Mamas Cousin. Er weiß mehr über den Muschel und was sie kann. Es brach ihm das Herz, als den Muschel an Mama übergeben wurde. Er kommt immer ins Haus in der Hoffnung, sie zu finden, und nach jeder erfolglosen Suche nimmt er den Tiere mit, den er hier finden kann", antwortete Anna.

„Du meinst also, Oma besitzt eine magische Muschel, weiß aber nichts von ihren Kräften?" fragte Lucinda.

„Ja, mein Liebes. Sie sieht sie nur als angestammte Muschel, den von Generation zu Generation weitergegeben wird. Die Muschel hat den Macht, alle Wünsche zu erfüllen, außer Tote wiederzubeleben", sagte Anna.

„Jetzt verstehe ich es besser", sagte Lucinda.

„Und als ich sagte, wir haben kaum noch Zeit hier, meinte ich, wir haben noch vier Jahre übrig", sagte Phil.

„Ihr meint, ihr beide geht an meinem fünfzehnten Geburtstag?" fragte Lucinda.

„Ja, Liebes. Denk nicht, dass wir für immer bei dir bleiben werden. Du musst den Wahrheit kennen", antwortete Phil.

Lucinda schwieg eine Weile, bevor sie sagte: „Ich denke, ich sehe euch beide später. Lass mich erst frühstücken." Mit diesen Worten ging sie mit gesenktem Kopf aus dem Stall. Sie ging direkt in ihr Zimmer und legte sich aufs Bett, weinend.

Maya kam herein und traf Lucinda in Tränen an. Sie stellte das Essen auf den Tisch, als Lucinda sich auf ihr Bett setzte.

„Was ist das Problem, Liebes?" fragte Maya.

„Ich bin nur traurig, Oma", antwortete Lucinda.

„Traurig? Was ist das Problem? Was macht dich traurig?" fragte Maya.

„Mach dir keine Sorgen darum. Darf ich dich etwas fragen?" sagte Lucinda, setzte sich auf und wischte sich den Tränen mit dem Handrücken ab.

„Klar. Nur zu", sagte Maya.

„Kannst du mir mehr über den Muschel erzählen?" fragte Lucinda.

„Welche Muschel meinst du?" fragte Maya schockiert, um sicherzugehen, was sie gerade gehört hatte, denn sie hatte nie etwas über den angestammte Muschel mit Lucinda besprochen.

„Die angestammte Muschel, den von Generation zu Generation weitergegeben wurde", antwortete Lucinda.

„Woher weißt du davon?" fragte Maya, immer noch schockiert.

„Sagen wir, eine wilde Vermutung", sagte Lucinda lächelnd.

„Lucinda, beantworte meine Frage", fragte Maya mit ernstem Gesicht.

„In Ordnung, meine Mama hat mir davon erzählt. Sie hat mir von der Muschel erzählt, dass sie an sie weitergegeben werden sollte, dann an mich, aber da sie weg sind, denke ich, ich werde sie übernehmen", sagte Lucinda.

„Ja, deine Mama hat recht. Und da sie weg sind, wirst du sie haben", antwortete Maya.

„Muschel? Was ist so besonders daran?" fragte Lucinda.

„Genau wie du gesagt hast, es ist eine angestammte Muschel, aber einzigartig, und sie kostet ein Vermögen wegen des Diamanten am Körper", antwortete Maya.

„Abgesehen davon, gibt es noch etwas über den Muschel, das ich wissen muss?" fragte Lucinda in der Hoffnung, dass ihre Großeltern vielleicht wissen, dass den Muschel magisch ist.

„Nichts weiter, was ich weiß", antwortete Maya.

„Wer ist Stephen?" fragte Lucinda.

„Er ist mein Cousin, den ich seit langer Zeit nicht gesehen habe. Aber wer hat dir von Stephen erzählt? Denn ich erinnere mich nicht, deiner Mama erzählt zu haben, wer Stephen war", fragte Maya.

„Bist du dir bewusst, dass er derjenige ist, der hinter all den Diebstählen steckt, den hier passieren? Nun, er ist wütend, dass den Muschel dir gegeben wurde statt ihm. Jedes Mal, wenn ihr beide weg seid, kommt er hierher und durchwühlt den ganzen Ort in der Hoffnung, den Muschel zu finden, und wenn er sie nicht findet, stiehlt er den Tiere, damit ihr beide verletzt werdet. Das letzte Mal, als er kam, fand er den Muschel nicht; deshalb nahm er Anna und Phil mit und bat den Jäger, sie zu töten und zu Fleisch zu verarbeiten", sagte Lucinda.

„Ich weiß, dass mein Cousin so wütend war und das Haus verließ, nachdem ich den Muschel bekommen hatte, aber woher weißt du all das, etwas, das vor über drei Jahrzehnten passiert ist?" fragte Maya.

Lucinda schwieg und nahm ihr Essen, um zu essen, aber Maya ließ das nicht zu. Sie war begierig darauf, den Antwort auf ihre Frage zu erfahren.

„Lucinda, ich spreche mit dir", erinnerte Maya Lucinda.

„Wenn ich es dir sagen würde, würdest du mir nicht glauben, also gibt es keinen Grund, dir etwas zu sagen. Vertrau mir; du wirst mir nicht glauben. Abgesehen davon, kannst du mir den Muschel zeigen, da ich sie zum ersten Mal sehen möchte?" fragte Lucinda.

„Du willst den Muschel sehen?" fragte Maya.

„Ja, ich möchte sehen, wie sie aussieht. Das ist alles", antwortete Lucinda.

„Nun, nicht bevor du mir sagst, wer dir von Stephen erzählt hat", sagte Maya.

„Meine Mama hat mir von Stephen erzählt. Sie hat mir alles erzählt, was passiert ist, angefangen davon, als dein Opa dir den Muschel gegeben hat und wie Stephen eure Tiere gestohlen hat", antwortete Lucinda.

„Das ist nicht möglich, weil ich mich nicht erinnere, Annalise etwas darüber erzählt zu haben", sagte Maya.

„Siehst du; du glaubst mir nicht. Ich habe dir gesagt, dass du mir glauben würdest. Also sollte ich diese Frage nicht beantworten, aber ich habe dir trotzdem geantwortet", sagte Lucinda und fuhr mit dem Essen fort.

„Warum hast du geweint?" fragte Maya.

„Die Wahrheit?" fragte Lucinda.

„Was sonst, Lucinda? Ich brauche den Wahrheit", fragte Maya.

„Ich habe gerade erkannt, dass ich nur noch ein paar Jahre habe, um Zeit mit den Menschen zu verbringen, den mir auf dieser Welt am wichtigsten sind. Ich kann es nicht ändern, aber ich werde meine Zeit gut nutzen", antwortete Lucinda und fuhr mit ihrem Essen fort.

„Lu...", wollte Maya sagen.

„Keine weitere Frage, Oma. Du wirst es nie verstehen", sagte Lucinda, als Maya aufstand und aus dem Zimmer ging. Lucinda aß schweigend ihr Essen.

„Ich weiß nicht, wie sie es geschafft hat, von Stephen zu erfahren", sagte Maya.

„Ich bin hundertprozentig sicher, dass du Annalise nichts davon erzählt hast, wie kommt es also, dass sie behauptet, ihre Mutter habe ihr davon erzählt?" wunderte sich Greg.

„Genau den Frage, den ich gestellt habe, und sie sagte mir, egal wie sehr sie es erklärt, ich würde sie nicht verstehen oder ihr glauben", antwortete Maya.

„Es verblüfft mich immer noch, wie sie wusste, wo den Pferde sind, und heute fühle ich, dass da mehr dahintersteckt", sagte Greg.

„Oma hat nach einer Erklärung gefragt, den ich ihr gegeben habe, aber sie hat mir kein bisschen geglaubt. Ich werde nicht lügen, um sie zum Glauben zu bringen. Ich habe nicht gescherzt, als ich sagte, meine Mutter habe mir davon erzählt. Ich meine es ernst", sagte Lucinda, als sie ins Zimmer kam und sich auf den Holzstuhl setzte.

„Lucinda!" rief Greg, aber Lucinda ignorierte ihn und kam nach einer Weile zurück.

„Ihr beide denkt, ich lüge euch an oder erfinde Dinge. Macht euch keine Sorgen. Ich weiß, dass ihr mit der Zeit all das verstehen werdet", sagte Lucinda, als sie sich auf den Stuhl setzte.

„Also, sag mir, warum bist du hier?" fragte Greg.

„Damit Oma mir den angestammte Muschel zeigt", antwortete Lucinda.

„Oh, dazu, warte eine Minute", sagte Maya, bückte sich und holte den alte Schachtel unter dem Bett hervor. Man hätte nicht einmal vermutet, dass etwas unter dem Bett oder in dieser alten Schachtel versteckt war. Maya schloss sie auf, öffnete sie und holte den Muschel heraus.

„Hier", sagte Maya und reichte sie Lucinda.

„Wow! Das ist wunderschön", sagte Lucinda, als sie mit den Händen über den Körper der Muschel strich.

„Ist das ein echter Diamant?" fragte Lucinda.

„Ja. Sicher", antwortete Greg.

„Vielleicht ist das der Grund, warum Stephen hinter ihr her ist. Er will sie einfach verkaufen und das Geld für etwas anderes verwenden", antwortete Lucinda.

Greg und Maya schauten sich an und schwiegen.

Lucinda spürte etwas Bedeutendes, sobald sie den Muschel berührte. Die Muschel hatte tatsächlich ihre Kräfte. Sie reichte den Muschel an ihre Oma zurück, den sie vorsichtig zurück in den Schachtel legte, sie verschloss und unter das Bett schob.

„Abgesehen davon, dass sie schön ist, fühlte ich einen ungewöhnlichen inneren Frieden, als ich sie hielt", sagte Lucinda.

„Was meinst du?" fragte Greg.

„Ich sagte, abgesehen davon, dass sie schön ist, fühlte ich ungewöhnlichen inneren Frieden, als ich sie hielt", wiederholte Lucinda.

„Ich habe dich beim ersten Mal gehört, Lucinda. Ich habe nur gefragt, was du damit meinst?" sagte Greg.

„Es ist mir auch unerklärlich, Opa, aber während ich sie hielt, gab sie mir diese immense Freude und Frieden", sagte Lucinda, stand auf und ging aus dem Wohnzimmer.

„Wenn nicht Annalise dieses Mädchen geboren hätte, hätte ich gesagt, sie ist eine Art seltsame Person. Sie spricht oder redet nicht wie ihres Alters", sagte Greg.

„Du weißt, dass Annalise sich in diesem Alter so verhalten hat. Erinnerst du dich?" antwortete Maya und lächelte.

Lucinda ging direkt zum Stall, schloss ihn auf und ging hinein. Sie ging zu den Pferden und umarmte jedes von ihnen.

„Es scheint, als sei jemand glücklich", bemerkte Phil.

„Ich spüre es auch", fügte Anna hinzu.

Lucinda lächelte und setzte sich auf den Holzstuhl dort.

„Ich vermisse euch beide", sagte Lucinda.

„Wir haben dich auch vermisst", antwortete Anna.

„Ich habe mit Oma gesprochen, und sie hat mir den Muschel gezeigt. Ich kann das Gefühl nicht erklären, das ich hatte, als ich sie in den Händen hielt, aber sie ist so schön, so ätherisch", sagte Lucinda.

„Hast du ihnen von den magischen Kräften erzählt?" fragte Phil.

„Selbst wenn ich es getan hätte, würden sie mir nie glauben", antwortete Anna.

„Ich wusste, dass sie mir nicht glauben würden, aber Mama und Papa, ich mache euch beiden heute ein Versprechen: Auch wenn ihr nur noch wenige Stunden mit mir verbringen könnt, verspreche ich, jeden Tag zählen zu lassen, und was Stephen betrifft, seid versichert, dass er nie wieder hierherkommen wird. Ich werde dafür sorgen", sagte Lucinda.

„Was hast du vor?" fragte Phil.

„Du und Mama habt mir immer gesagt, dass nichts unmöglich ist. Lasst uns abwarten und sehen", sagte Lucinda lächelnd.

Sie wusste, dass sie den Pferde um jeden Preis schützen würde, da den Seelen ihrer Eltern in ihnen lebten. Sie konnte einfach nicht ertragen, dass den Pferden noch etwas passierte.

Kapitel Zwölf

Du wirst ihnen zu nahe

„Oma, du wirst ihnen zu nahe. Was ist das Problem,r. Diese Pferde stehlen viel von deiner Zeit", beklagte sich Maya.

„Oma, ich habe dir schon gesagt; sie stehlen meine Zeit nicht", antwortete Lucinda.

„Du isst mit ihnen. Du spielst mit ihnen. Gott weiß, wenn es möglich wäre, würdest du im Stall schlafen und ihr Futter essen. Was ist los mit dir, Lucinda?" fragte Maya, sehr beunruhigt.

„Ich spreche später mit dir, Oma", sagte Lucinda und wollte weggehen, als Maya sie zurückrief.

„Dein Opa und ich gehen ins nahegelegene Dorf, um etwas Essen zu holen. Willst du mitkommen?" fragte Maya.

„Nein!" Es war eine nachdrückliche Antwort von Lucinda.

„Warum? Du kannst nicht allein hierbleiben", antwortete Maya.

„Ich kann auf mich selbst aufpassen, und ich möchte zurückbleiben, um den Pferde zu schützen, damit sie nicht wieder gestohlen werden", antwortete Lucinda.

„Ich bin fertig. Lass uns gehen", sagte Greg.

„Lucinda kommt nicht mit uns", sagte Maya.

„Warum?" fragte Greg.

„Sie sagte, sie wolle hierbleiben und den Pferde schützen, falls den Diebe wieder kommen", sagte Maya.

„Du machst Witze, oder?" fragte Greg.

„Du weißt, dass ich keine Witze mache, natürlich, Opa. Ich meine es ernst. Pass auf dich auf, Oma", sagte Lucinda, umarmte Maya und Greg, bevor sie zum Stall ging.

Greg und Maya schauten sich an, mit unbeantworteten Fragen in ihren Gesichtern. Sie verließen jedoch das Haus ohne Lucinda. Als Lucinda sicher war, dass sie gegangen waren, ging sie ins Haus, verschloss den Tür und ging ins Zimmer. Sie bückte sich, holte den Schachtel heraus, schloss sie vorsichtig auf, nahm den Muschel heraus, strich mit den Fingern darüber und lächelte, bevor sie zu sprechen begann.

„Man sagt, du besitzt magische Kräfte, den Wünsche erfüllen und Träume wahr machen können. Ich brauche nur eine Sache von dir. Stephen wird zurückkommen, und wer weiß, er könnte den Pferde sofort töten und ihre toten Körper hier abladen. Ich will nur, dass du ihn alles vergessen lässt, alles über uns, über diese Familie, damit er nie wieder hierherkommt, aus welchem Grund auch immer", sagte Lucinda, während Tränen über ihre Wangen liefen und sie den Tränen auf den Muschel fallen ließ.

Als sie das Glitzern der Muschel bemerkte, lächelte Lucinda und sagte: „Obwohl ich nicht weiß, was das bedeutet, weiß ich irgendwie, dass du meinen Wunsch erfüllt hast. Vielen Dank." Sie legte den Muschel schnell zurück in den Schachtel, verschloss sie, stellte sie an ihren Platz und ging aus dem Zimmer. Sie ging zum Stall, trat hinein und küsste den Pferde.

„Du scheinst aufgeregt", sagte Anna.

„Ja, weil ich sichergestellt habe, dass Stephen nie wieder hierherkommt", antwortete Lucinda.

„Was meinst du?" fragte Phil.

„Ja, was hast du getan?" fügte Anna hinzu.

„Nun, ich habe nur einen Wunsch geäußert", antwortete Lucinda.

„Lucinda, was hast du getan?" fragte Anna.

„Die angestammte Muschel; ich habe einen Wunsch damit geäußert, und ich bin sicher, der Wunsch ist erfüllt worden, weil ich sie glitzern sah. Ich habe gewünscht, dass Stephen nie wieder zurückkommt", sagte Lucinda.

„Danke, mein Engel", sagte Anna und hob ihr Vorderbein näher, damit Lucinda es berühren konnte, was sie mit Genuss tat.

„Opa und Oma haben das Haus bereits verlassen. Sie sind zum Markt im nahegelegenen Dorf gegangen, um ein paar Dinge zu holen", sagte Lucinda.

„Das ist in Ordnung. Warum gehst du nicht und ruhst dich aus, Lucinda?" fragte Anna.

„Dann wer wird euch beide Gesellschaft leisten?" fragte Lucinda.

„Mach dir keine Sorgen um uns; geh einfach hinein und ruh dich aus. Uns geht es gut", warf Phil ein.

„In Ordnung", sagte Lucinda, küsste den Pferde, bevor sie den Stall verließ. Sie ging zurück ins Haus, verschloss den Tür und ging direkt in ihr Zimmer, legte sich aufs Bett und ließ ihre Augen vom Schlaf übermannt werden.

Maya und Greg waren ins Haus der Seherin gegangen, setzten sich auf den Holzstühle und warteten darauf, dass sie herauskam. Sie waren wegen Lucinda dort, nur um sicherzustellen, dass alles mit ihr in Ordnung war.

Die alte Frau kam heraus und setzte sich auf den Holzstuhl vor ihnen.

„Ihr seid wegen eurer Enkelin Lucinda hier gekommen. Ihr beide denkt, sie verhält sich seltsam", begann den alte Frau zu sagen.

„Ja, wir haben Angst, weil sie den meiste Zeit mit den Pferden verbringt, und sie verhält sich, als verstehe sie den Sprache der Tiere. Abgesehen davon gibt es nichts anderes", sagte Maya.

„Eure Enkelin ist besonders. Sie ist ein junges Kind voller Weisheit, das nicht seinem Alter entsprechend handelt. Ja, sie versteht den Sprache der Pferde. Lucinda, eure Enkelin, verbringt qualitativ hochwertige Zeit mit den Pferden, weil den Geister ihrer Eltern in den Pferden leben, und sie ist den Einzige, den sie hören kann. Lasst sie einfach sein, da sie eine Bindung zu ihren Eltern aufbaut, und sie hat kaum genug Zeit, weil sie schließlich für immer gehen werden", sagte den alte Frau.

„Aber wie ist das möglich?" fragte Greg.

„Nichts ist unmöglich. Lasst das junge Kind in Ruhe. Sie sehnt sich nur nach der Liebe ihrer Eltern, den zur falschen Zeit von dieser Welt gegangen sind. Lasst sie einfach sein", sagte den alte Frau.

„Aber warum können wir sie nicht sehen oder hören?" fragte Maya.

„Annalise und Phil sind nur für ihre Tochter Lucinda zurückgekommen. Sie wollen mehr Zeit mit ihrer Tochter verbringen, bevor sie endgültig den Oberfläche dieser Erde und ihre Umgebung verlassen. Hört zu, an dem Tag, an dem ihr beide versucht, diese Pferde aus eurem Zuhause wegzunehmen, könnte Lucinda sich verletzen. Im Moment geben diese Pferde, das braune und das weiße Pferd, ihr immense Freude und Glück. Sie geht jeden Morgen, Mittag und Abend zu ihnen hinaus. Sie hat diese Bindung zu ihnen aufgebaut, den nicht einmal ihr zwei brechen könnt. Trennt sie nicht von diesen Pferden, weil ihr es nicht könnt. Sie wird nicht verrückt und hat den Verstand nicht verloren; sie ist immer noch in Ordnung", sagte den alte Frau, stand auf und ging in ihren Schrank.

Maya und Greg standen auf und gingen aus dem Gebäude, während sie beide nach Hause wanderten.

„Wenn den Geister von Annalise und Phil in den Pferden leben, warum können wir sie dann nicht sehen?" fragte Maya.

„Annalise und Phil sind nur für ihre Tochter und nicht für uns zurückgekommen. Du hast gehört, was den Frau gesagt hat", entgegnete Greg, wütend über den Sturheit seiner Frau.

„Wir haben eine Option, und das ist, Lucinda mit den Pferden allein zu lassen, da dort ihre Freude und ihr Glück liegen", sagte Maya.

„Ja, das ist das Beste. Annalise wird ihr Kind nie verletzen. Sie beschützt sie", antwortete Greg.

„Ich habe mir Sorgen gemacht, weil ich nur das Beste für meine Enkelin wollte", sagte Maya, während sie den Weg nach Hause antraten.

Kapitel Dreizehn

Als Greg und Maya nach Hause gekommen waren

Als Greg und Maya nach Hause gekommen waren, klopften sie an den Tür und warteten darauf, dass Lucinda sie öffnete. Es dauerte nur kurz, bis den Tür aufging.

„Willkommen zurück", sagte Lucinda und öffnete den Tür weit, während Maya und Greg hineingingen.

Maya reichte Lucinda eine Tasche, den sie in den Küche trug, um sie abzustellen. Sie kam schnell heraus und setzte sich auf das kleinere Sofa, den Hände an den Wangen, und starrte ihre Großeltern an.

„Gibt es ein Problem?" fragte Greg.

„Kein Problem. Ich habe euch beide nur vermisst, und danke, dass ihr früh zurückgekommen seid", sagte Lucinda.

„Möchtest du uns etwas erzählen?" fragte Greg.

„Nicht jetzt. Ich muss mich nur ausruhen. Wenn ich Fragen habe, dann später", sagte Lucinda, stand auf, ging aus dem Wohnzimmer, direkt zum Stall, öffnete den Tür und ging hinein.

„Opa und Oma sind zurück. Denkst du, ich sollte sie danach fragen?" fragte Lucinda.

„Klar. Ich möchte nach Hause gehen und sehen, wie der Ort aussieht. Wir sind zurück, bevor sie es merken", antwortete Anna. Anna wollte nur das Haus sehen und einen Schluck aus dem Fluss trinken, bevor ihre Zeit auf Erden vorbei war.

„In Ordnung, lass uns das tun", sagte Lucinda, band den Leine des weißen Pferdes los, und zusammen gingen sie hinaus. Lucinda ging zum Balkon und band den Leine des Pferdes an den Säule, während sie hineinging und auf den Diskussion ihrer Großeltern traf.

„Opa und Oma, darf ich euch beide etwas fragen? Bitte werdet nicht böse, und versichert mir, dass ihr Ja zu meiner Bitte sagt, egal wie seltsam sie euch klingen mag", fragte Lucinda.

„Was ist das?" fragte Maya.

„Sagt ihr Ja dazu?" fragte Lucinda.

Maya und Greg schauten sich an und nickten, dann schaute Greg Lucinda an und sagte: „Ja."

„Ich nehme das weiße Pferd mit zu unserem Haus", sagte Lucinda.

„Welches Haus meinst du?" fragte Maya.

„Unser Haus, das, in dem meine Eltern und ich gelebt haben, das nahe am Fluss. Anna möchte einen letzten Blick auf das Haus werfen und einen Schluck aus dem Fluss trinken. Dann sind wir, bevor ihr es merkt, wieder zu Hause", sagte Lucinda.

„Du kannst nicht..."

„Opa, bitte sag nicht nein. Das Einzige, was Anna will, ist, das Familienhaus ein letztes Mal zu sehen", sagte Lucinda.

„Lucinda! Bitte!" flehte Maya.

„Ihr habt schon Ja gesagt", sagte Lucinda, rannte aus dem Haus, band den Leine los und stieg sofort auf das Pferd, um zusammen davonzugaloppieren. Maya und Greg rannten aus dem Haus, aber Lucinda und Anna waren längst weg.

„Bitte geh ihnen nach", flehte Maya.

„Lass sie einfach, okay? Ich weiß, sie werden bald zurück sein", sagte Greg, hielt Maya fest, und sie gingen zusammen hinein.

Anna und Lucinda erreichten das Familienhaus, Lucinda stieg ab und hielt den Leine. Sie spazierten zusammen zum Fluss hinunter. Lucinda ließ den Leine fallen und beobachtete, wie Anna tief in den Fluss ging und ihren Kopf eintauchte. Nach ein paar Minuten kam sie heraus, Lucinda ergriff den Leine und kletterte auf das Pferd.

„Ich habe alles vermisst, und deshalb wollte ich, dass du mich hierher bringst. Ich wollte den Ort sehen, an dem ich Jahrzehnte gelebt und diesen wunderschönen Engel namens Lucinda zur Welt gebracht habe. Ich wollte diesen Fluss schmecken, der mir mein Kind stehlen wollte. Ich wollte ihn ein letztes Mal sehen und fühlen. Danke, Lucinda, dass du meinen Wunsch erfüllt hast", sagte Anna.

„Du musst mir nicht danken, Mama. Ich werde immer alles tun, was du willst, weil du mich in diese Welt gebracht hast, und ich habe dich und den Fluss auch vermisst. Ich wollte immer hierherkommen. Ich bin froh, dass ich diesen Ort zusammen mit dir sehen konnte", antwortete Lucinda lächelnd.

„Versprich mir, dass du eines Tages hierher zurückkommst. Ich möchte, dass du immer daran denkst, dass dieser Ort auch dein Zuhause ist", sagte Anna.

„Ich werde diesen Ort immer in Erinnerung behalten, Mama. Ich habe ihn nicht vergessen", antwortete Lucinda.

„Dann lass uns nach Hause gehen", sagte Anna.

„Es wird schon spät. Denkst du nicht, du solltest ihr nachgehen?" sagte Maya und ging im Wohnzimmer auf und ab.

„Sie wird zurückkommen; ich weiß das", antwortete Greg.

Gerade als Greg noch sprach, ertönte ein Scharren von Hufen draußen, das den Heimkehr von Lucinda und Anna ankündigte. Maya hörte das Geräusch draußen und rannte hinaus, um Lucinda zu sehen, den das weiße Pferd in den Stall führte. Sie kam ein paar Minuten später heraus und ging direkt zum Balkon, wo Maya und Greg waren, und umarmte sie.

„Danke, dass ihr zurückgekommen seid", sagte Maya lächelnd.

„Macht euch keine Sorgen um mich. Mama würde nicht zulassen, dass mir etwas zustößt. Sie wollte nur unser Zuhause ein letztes Mal sehen. Ich bin froh, dass ich ihren Wunsch erfüllen konnte", sagte Lucinda, lächelte und ging hinein.

„Sag kein Wort, Maya. Du hast gehört, was sie gesagt hat. Lucinda ist in Ordnung", sagte Greg, als sie beide zusammen hineingingen und den Tür hinter sich abschlossen.

Kapitel Vierzehn

Lucinda lag auf dem Bett, versunken

Lucinda lag auf dem Bett, versunken in tiefen Gedanken, während sie sich hin und her wälzte. Ihr Geist war nicht in Frieden. Sie wusste, dass etwas nicht stimmte, aber sie konnte nicht genau sagen, was das Problem war. Es waren drei Monate vor ihrem fünfzehnten Geburtstag. Plötzlich stand sie auf und ging zum Fenster.

„Dein Herz ist unruhig, weil du spürst, dass bald etwas Unangenehmes passieren wird", sagte den Stimme.

„Woher weißt du das? Ich meine, wie hast du herausgefunden, dass ich traurig bin?" fragte Lucinda.

„Ich bin deine Mutter. Ich kann es spüren, aber du musst dir keine Sorgen machen. Weißt du warum? Ganz einfach: Sorgen werden nicht verhindern, was passieren wird. Es ist bereits beschlossen, mein Liebes", sagte den Stimme.

„Was wird passieren, Mama? Ich wusste, dass etwas nicht stimmt. Ich spüre es. Ich fühle es, und ich weiß, dass das, was passieren wird, mir kein Glück bringen wird; stattdessen wird es Stiche der Traurigkeit bringen. Ich bin nicht stark, und ich bin nicht bereit, noch mehr Schmerz zu ertragen. Ich will dich und Papa nicht wieder verlieren", antwortete Lucinda, während Tränen über ihre Wangen strömten.

„Ich habe eine starke Tochter geboren, und sie ist auch klug. Sie weiß, wie man Dinge handhabt, sogar angesichts von Prüfungen. Du hast uns das Leben in den letzten Jahren leicht gemacht, aber den Tatsache bleibt, dass wir nicht für immer bei dir sein können", sagte den Stimme.

„Ich weiß, dass du und Papa nicht für immer bei mir sein werdet, aber ich will nicht, dass ihr bald geht. Warum sagst du immer wieder, dass ihr nicht für immer bei mir sein könnt? Was passiert? Was ist los? Erklärt es mir", flehte Lucinda.

„Lucinda, du machst dir zu viele Sorgen. Ich weiß, dass du stark genug bist, um damit umzugehen, was auch immer passiert. Ich liebe dich, Lucinda. Jetzt geh ins Bett", sagte den Stimme.

„Bitte geh nicht. Ich muss mit dir sprechen", sagte Lucinda unter Tränen. Sie schloss das Fenster und ging direkt zu ihrem Bett, um sich hinzulegen.

„Du denkst, ich bin stark, Mama? Die Wahrheit ist, ich bin es nicht. Ich habe alles geschafft, weil du und Papa direkt neben mir standet. Ich kann keine Reise ohne euch beide beginnen, und ich habe nicht vor, eine Reise ohne euch an meiner Seite anzutreten.

Ich weiß, dass du und Papa mich laut und deutlich hören könnt. Was auch immer es ist—was auch immer ihr vor mir verbergt—ich weiß, dass ihr es mir schließlich sagen werdet, weil ich es verdiene, jedes bisschen der Wahrheit zu kennen", sagte Lucinda und wischte sich den Tränen von der Wange.

Sie drehte sich auf den andere Seite des Bettes, schloss den Augen und schlief ein.

„Denkst du, wir sollten es ihr sagen?" fragte Anna.

„Ja, das müssen wir. Wir können es nicht länger vor ihr verbergen. Ja, sie weiß, dass wir kaum genug Zeit haben, hier zu verbringen, aber sie weiß nicht, dass wir nur noch drei Monate haben, um mit ihr in dieser Welt zu sein", antwortete Phil.

„Denkst du, sie wird damit zurechtkommen, wenn wir weg sind?" fragte Anna.

„Du machst dir zu viele Sorgen um Lucinda. Sie ist jetzt im Alter. Wir sollten dankbar sein, dass uns diese fünf Jahre gewährt wurden, um mit ihr zu verbringen. Wir haben zugesehen, wie sie gewachsen ist, und ich weiß, dass unsere Tochter ein starkes Mädchen ist. Sie wächst zu einer starken Frau heran. Ich weiß, dass sie ohne uns zurechtkommen wird, wenn den Zeit kommt, aber wir müssen ihr den Wahrheit sagen, bevor es so weit ist. Du möchtest nicht, dass sie morgens aufwacht, nur um hierher zu kommen und herauszufinden, dass wir heute gehen. Oder? Denk darüber nach, Anna. Sie verdient es, es jetzt zu wissen. Wir haben noch neunzig Tage", antwortete Phil.

„In Ordnung, ich werde es ihr morgen sagen. Ich hoffe nur, dass sie es akzeptiert", sagte Anna.

„Sie muss es akzeptieren", antwortete Phil.

„Ich werde das tun", sagte Anna.

Maya wachte an diesem Morgen auf und drehte sich zu Lucinda um, überrascht, dass sie um diese Zeit noch in ihrem Bett lag, aber mit dem Rücken zu ihnen. Es war bereits 9 Uhr morgens. Es war ungewöhnlich für Lucinda, um diese Zeit noch im Bett zu sein. Maya stand auf und ging zu Lucindas Bett, um sie in eine Richtung starren zu sehen, als wäre sie in Trance.

„Lucinda, gibt es ein Problem?" fragte Maya.

„Die Wahrheit: Ich denke, etwas Schlimmes wird passieren, aber ich weiß nicht, was es ist. Ich kann nicht begreifen, was das Problem ist", antwortete Lucinda.

„Vielleicht hast du zu viel nachgedacht, und vielleicht gibt es gar kein Problem. Warum machst du dir also Sorgen?" sagte Maya.

„Du verstehst das nicht, Oma. Ich spüre es, und ich fühle es", antwortete Lucinda.

„Wenn du das sagst, vielleicht wirst du mit der Zeit herausfinden, was das Problem ist. Natürlich weiß ich, dass du es lösen kannst, aber selbst wenn du es nicht kannst, solltest du es sein lassen", sagte Maya und ging aus dem Zimmer in den Küche.

„Warum ist das Leben so unfair?" sagte Lucinda unter Tränen, stand vom Bett auf und zog ihre Hausschuhe an. Dann ging sie aus dem Zimmer zum Stall. Sie öffnete ihn, ging hinein und ging direkt zu den Pferden und streichelte sie.

„Du siehst immer noch besorgt aus", bemerkte Anna.

„Dein Gesicht ist nicht hell. Was könnte dich belasten?" fragte Phil und tat ahnungslos.

„Meine Seele sehnt sich nach Antworten. Ich fühle, dass etwas schiefgehen wird. Bitte, Mama und Papa, ihr beide solltet wenigstens mit mir sprechen. Was wird passieren?" fragte Lucinda.

„Mein kleiner Engel, setz dich und hör zu", sagte Phil.

Lucinda nahm den Holzstuhl, setzte sich darauf und schaute ihren Vater an, in Erwartung von Antworten.

„Ich wollte, dass wir alle lange Zeit zusammen verbringen, aber das wird nicht möglich sein, weil wir kaum genug Zeit hier haben", begann Anna.

„Was meinst du, Mama? Ich erinnere mich, dass du mir das vor ein paar Jahren gesagt hast. Warum wiederholst du dasselbe jetzt?" fragte Lucinda.

„Du wirst in drei Monaten fünfzehn, Lucinda. Wir gehen an deinem 15. Geburtstag", antwortete Anna.

„Obwohl ich mich erinnere, dass du mir das vor etwa fünf Jahren gesagt hast, verstehe ich es immer noch nicht. Geht ihr weg, wohin? Wohin geht ihr beide? Erklärt es mir bitte", flehte Lucinda.

„Lucinda, uns wurden nur fünf Jahre Gnade gewährt, um mit dir auf Erden zu bleiben, und den Zeit endet an deinem 15. Geburtstag. Als wir sagten, wir haben kaum genug Zeit, um bei dir zu bleiben, das war, was wir meinten. Wir wünschen, länger zu bleiben; wir wünschen, den Ewigkeit mit dir zu verbringen, wenn das möglich wäre, aber im Moment können wir das nicht, weil wir zu unserem ewigen Zuhause gehen", erklärte Phil.

„Das ist nicht wahr, Papa. Du und Mama könnt mich nicht einfach verlassen. Das ist nicht nett. Bitte bleibt bei mir", flehte Lucinda, während den Tränen sich sammelten.

„Es gibt nichts, was wir dagegen tun können. Die Entscheidung liegt nicht bei uns. Wir wollten, dass du es weißt, damit du dich vorbereiten kannst", sagte Phil.

„Nichts? Ihr beide könnt nicht gehen. Ich flehe euch an", flehte Lucinda noch mehr.

„Das ist den Realität, Lucinda. Akzeptiere es. Sei stark für uns", sagte Anna.

„Es gibt etwas, das ich tun kann. Ich denke, ich habe eine Idee", sagte Lucinda, wischte sich den Tränen ab, stand auf und wollte den Stall verlassen, als Anna sie zurückrief.

„Vergiss den Muschel. Sie kann diesen Wunsch, den du machen willst, nicht erfüllen", antwortete Anna.

„Wenn sie diesen spezifischen Wunsch nicht erfüllen kann, warum hat sie dann den ersten von Oma erfüllt?" schrie Lucinda.

„Hör auf, Lucinda; du wirst dich verletzen", flehte Anna.

„Das war nicht der Plan, Mama, Papa. Ihr habt versprochen, jeden Tag bei mir zu bleiben. Warum geht ihr jetzt, wo das Leben interessanter wird? Ich bin nicht so stark, wisst ihr. Ich habe es all diese Jahre geschafft, weil ich euch beide hatte. Ihr seid meine Säulen. Wie erwartet ihr, dass das Gebäude gerade steht, wenn den Säulen zerstört werden sollen? Sagt mir, wie ist das möglich? Es ist nicht", schrie Lucinda erneut und ging aus dem Stall.

„Mach dir keine Sorgen; sie wird in Ordnung sein", sagte Phil zu Anna.

„Ich hoffe, sie verletzt sich nicht am Ende", sagte Anna.

„Sie wird nicht. Deine Eltern sind da", antwortete Phil.

Lucinda ging ins Zimmer und verschloss den Tür. Sie holte den Muschel heraus, hielt sie in beiden Händen, den Maya ihr gegeben hatte, als sie 13 wurde.

„Es gibt etwas, das du tun kannst. Ja, ich weiß es. Du hast den ersten erfüllt, und ich glaube, du kannst wieder etwas tun. Bitte lass nicht zu, dass meine Eltern mir weggenommen werden, ich flehe dich an. Das Leben wird sinnlos ohne sie. Bitte, ich flehe dich an, erfülle meinen Wunsch, bitte, nur dieses eine Mal", sagte Lucinda weinend und schaute auf den Muschel, aber kein Licht kam heraus. Sie wusste, dass ihr Wunsch nicht erfüllt worden war. Aber Lucinda würde nicht aufgeben.

„Behalte meine Eltern für mich. Ich will nicht, dass sie je gehen, aber selbst wenn sie an meinem 15. Geburtstag gehen müssen, lass sie eines Tages zurückkommen, bitte", sagte Lucinda weinend. Sie ließ dann den Muschel auf ihr Bett fallen und ging zum Fenster, schaute in den Wald hinaus.

„Lass das Universum mich hören. Wenn jemand da draußen ist und mir zuhört, bitte, ich will nicht, dass meine Eltern für immer gehen. Das Leben wird hässlich und sinnlos ohne sie. Ich will, dass sie jeden Tag bei mir bleiben", sagte Lucinda, während Tränen weiter über ihre Wangen flossen.

Die Offenbarung ihrer Eltern hatte ihre Welt zerstört. Sie war unruhig, traurig und besorgt. Warum mussten sie so bald gehen? Wohin würden sie wieder gehen ohne sie? fragte sie sich. Und plötzlich begann sie wieder zu sprechen, diesmal feierlich, intensiv und ernst.

„Wenn ich je eines im Leben gewollt habe, dann wäre es, dass meine Eltern bis ans Ende der Zeit bei mir bleiben könnten. Ich habe Träume, und jeder meiner Träume schließt meine Eltern ein. Also, wie denkt ihr, dass ich diese Reise ohne sie fortsetzen werde? Ihr habt sie irgendwie zurückgebracht, und ich weiß, dass alles möglich ist. Ich bin nur ein junges Mädchen, dessen Wunsch den Liebe ihrer Eltern ist.

Ich will nichts weiter. Ihr auf der Erde. O ihr Wind, den Sonne und das Feuer; sagt mir, wie soll ich diese Reise ohne meine Eltern fortsetzen? Ich habe für sie interveniert. Bitte helft mir. Sie können nicht am Tag meines glücklichen Tages gehen; ich flehe euch an. Ihr alle müsst mich anhören und meinen Wunsch erfüllen", sagte Lucinda, ging zurück zu ihrem Bett und legte sich hin, plötzlich in absolute Einsamkeit gehüllt.

Kapitel Fünfzehn

Es waren nur noch zwei Tage bis zu Lucindas Geburtstag

Es waren nur noch zwei Tage bis zu Lucindas Geburtstag. Sie lag auf dem Bett, Tränen strömten frei aus ihren Augen. Maya und Greg kamen aus dem Wohnzimmer herein und waren überrascht, sie weinen zu sehen.

„Was ist diesmal das Problem, Lucinda?" fragte Greg.

„Bitte sprich mit uns. Warum weinst du, kleiner Engel?" fragte Maya, während sie Lucinda den Tränen aus dem Gesicht wischte.

„Meine Welt wird untergehen. Meine ganze Welt bricht zusammen", antwortete Lucinda.

„Was meinst du damit, dass deine Welt untergehen wird? Gibt es ein Problem?" fragte Greg.

„Ja, sag es uns, bitte. Wir können dir vielleicht helfen", versprach Maya.

„Nein, das könnt ihr nicht. Erinnerst du dich, als du vor ein paar Monaten hereinkamst und sagtest, wenn ich das Problem nicht lösen kann, soll ich es sein lassen? Das Problem ist, dass ich es nicht einfach sein lassen kann. Wie soll ich diese Reise ohne sie fortsetzen?" antwortete Lucinda.

„Reise? Was meinst du, Lucinda?" fragte Greg.

„Meine Seele ist verbittert. Mein Herz blutet, und ich sehne mich nur nach einer Sache: Wenn das Universum mich hören und diesen Prozess umkehren könnte, dann wäre ich ihr für immer verpflichtet", antwortete Lucinda.

„Du sprichst in Rätseln. Wie sollen wir helfen, wenn du uns nicht sagst, was du durchmachst?" sagte Greg.

„Dein Opa hat recht, Lucinda. Du bist unsere einzige Augenweide, und alles, was dich belastet, belastet uns. Bitte, ich flehe dich an. Sprich mit uns. Wir werden dir helfen", flehte Maya.

Lucinda wischte sich den Tränen ab, umarmte ihre Großeltern. Sie stand auf und wollte gehen, drehte sich aber um, schaute ihre Großeltern an und sagte: „Die Wahrheit ist, ihr könnt nicht helfen, selbst wenn ich euch alles erkläre. Ich liebe euch beide, und ich weiß, dass ihr es für mich tun würdet, wenn es etwas wäre, das ihr tun könnt. Wenn ich nur den Macht hätte, in den Zeit zurückzugehen, würde ich es tun. Macht euch keine Sorgen um mich. Das ist mein Kreuz, das ich tragen muss", sagte Lucinda und ging aus dem Zimmer.

Greg senkte den Kopf, frustriert, wollte aber nicht aufgeben. Er wusste jedoch, dass das, was Lucinda belastete, tief ging, und er würde es herausfinden.

Lucinda kam in den Stall, schloss ihn auf, ging hinein und setzte sich auf den Holzstuhl.

„Ich wünschte, ich könnte all das ändern", sagte Lucinda unter Tränen.

„Hör auf, dagegen anzukämpfen, Lucinda. Sei dankbar für den Gnadenfrist von fünf Jahren mit uns", sagte Anna.

„Ich bin nicht undankbar, Mama. Ich kämpfe nur für das, was ich liebe, nämlich euch beide. Ihr könnt das nicht verstehen. Denkt ihr, den letzten Monate waren in Ordnung für mich? Denkt ihr, dieses Lächeln kam tief aus meinem Herzen? Während ich hier bei euch war, habe ich nur versucht, meinen Schmerz und meinen Zorn zu verbergen, aber wenn ich ins Zimmer gehe, stelle ich mich der Realität, dass ihr beide bald geht. Wie erwartet ihr, dass ich mich fühle? Glücklich? Oh nein! Das kann ich nicht! Ich will einfach nicht, dass ihr beide geht.

„Ich schwöre, ich werde dagegen kämpfen, und ich werde gewinnen; selbst wenn ihr beide in zwei Tagen geht, werde ich einen Weg finden, eure Seelen zurück auf den Erde zu rufen. Das ist ein Versprechen", sagte Lucinda und wischte sich den Tränen aus den Augen.

„Du kannst dieses Versprechen nicht halten. Weißt du warum? Es ist unmöglich", sagte Phil.

„Ich habe immer mit der Orientierung von euch beiden gelebt, dass nichts im Leben unmöglich ist. Seit ich es als Lebensweise akzeptiert habe, als ich mir eurer Existenz bewusst wurde, mag es unmöglich sein, aber für mich ist es das nicht. Ich weiß nicht, ob das nur bloße Worte von euch beiden sind, aber sie bedeuten mir viel. Ich bin damit aufgewachsen, und ich glaube, dass alles, was ich will, erreichbar ist. Und wenn ich sage, dass ich eure Seelen zurück auf den Erde rufen werde, werde ich es tun. Merkt euch meine Worte, Papa", sagte Lucinda und ging.

„Wohin gehst du?" fragte Anna.

„Ich werde nach Antworten suchen. Ich komme zurück, und ich schlafe heute Nacht hier", sagte Lucinda und ging weg.

„Sie wird das nie akzeptieren. Hmmm, dieses Mädchen", murmelte Anna.

„Genau. Ich glaube nicht, dass dieses Mädchen aufgeben wird. Sie ist fest entschlossen, das zu tun, was in ihrem Kopf ist", antwortete Phil.

„Ich will nicht, dass sie verletzt wird. Ich wünschte, es gäbe einen Weg, das zu verhindern. Ich bin im Körper eines Pferdes, und mir geht es gut damit. Wenigstens habe ich meine Tochter wachsen sehen und ihr lachendes Gesicht wieder gesehen. Ich will ernsthaft nicht gehen. Ich will bleiben und zusehen, wie meine Tochter zu einer Frau heranwächst", jammerte Anna.

„Wir beide wünschen uns dasselbe, aber es ist Zeit, dem Ruf der Natur zu folgen", sagte Phil.

Anna drehte den Kopf, während sie sich auf den Boden legte. Sie würde ihre Tochter vermissen, und ihre Tochter vermisste sie bereits, obwohl sie noch hier waren.

An diesem Abend nahm Lucinda ihr Bad und zog sich bequemere Nachtkleidung an, um sich den ganze Nacht im Stall wohlzufühlen.

Als sie ihre Laterne nahm, um das Zimmer zu verlassen, kam Greg herein und schloss den Tür.

„Gehst du irgendwohin?" fragte Greg und setzte sich.

„Ja, in den Stall", antwortete Lucinda.

„Es ist spät, Lucinda", antwortete Greg.

„Ich schlafe dort. Lass mich gehen", antwortete Lucinda.

„Noch nicht. Setz dich zuerst. Ich möchte mit dir sprechen", sagte Greg, als Lucinda sich leise auf das Bett setzte.

„Was belastet deinen kindlichen Geist, kleiner Engel? Ich weiß, das ist etwas Tiefes. Deine Oma schläft auf dem Sofa im Wohnzimmer, also mach dir keine Sorgen. Du kannst dich mir anvertrauen. Bitte, ich hasse es, dich in Schmerz zu sehen", flehte Greg.

„Aber du wirst es nicht verstehen", sagte Lucinda.

„Ich werde es, wenn du es erklärst. Gib mir den Chance, deinen Schmerz mit dir zu erleben. Ich würde es nicht ertragen, wenn dir etwas passiert, Kind. Bitte, ich flehe dich im Namen deiner verstorbenen Mutter Annalise an", sagte Greg.

„Sie ist noch nicht verstorben. Ihr Körper mag nicht hier sein, aber ihre Seele lebt", antwortete Lucinda.

„Bitte erkläre es mir", antwortete Greg.

„Ich werde es dir erklären. Ich gebe dir diese Chance, Teil davon zu sein. Da sie deine Tochter war, verdienst du es zu wissen", sagte Lucinda und kämpfte so sehr gegen den Tränen.

Lucinda nahm sich Zeit, Greg alles zu erklären, angefangen von dem Moment, als Maya den Wunsch äußerte, bis hin dazu, wie Anna und Phil in zwei Tagen an ihrem 15. Geburtstag gehen würden.

Greg umarmte Lucinda fest, während sie auf der Schulter ihres Opas weinte.

„Ich weiß, wie du dich fühlst. Ich wünschte, du hättest mir das all den Jahre erklärt, da ich Teil dieser Bindung sein wollte. Es ist so traurig, dass ich es erst ein paar Tage vor ihrem Abschied erkannt habe, aber weine nicht mehr, Lucinda. Ich weiß, sie werden eines Tages zurückkommen. Nichts ist unmöglich", sagte Greg.

„Du glaubst mir?" fragte Lucinda, ihre Augen funkelten.

„Ich glaube jetzt jedes Wort, das du gesagt hast. Vertrau mir, Lucinda. Deine Eltern werden eines Tages zurückkommen. Da sie irgendwie den Tod betrogen haben, um bei dir zu sein, werden sie zurückkommen", beruhigte Greg.

„Danke, Opa", sagte Lucinda lächelnd.

Greg wischte den Tränen ab, den aus Lucindas Augen fielen, stand auf und hielt den Tür weit für sie offen.

„Geh und sei bei ihnen, Liebes. Sie brauchen dich", sagte Greg, als Lucinda aufstand und in den Nacht zum Stall ging.

„Du bist zurückgekommen", bemerkte Phil.

„Ja, ich bin zurück", antwortete Lucinda.

„Es ist spät; du musst schlafen", sagte Anna.

„Ich weiß", sagte Lucinda, breitete den Nylonmatte, den sie mitgebracht hatte, auf dem Boden aus, um sich darauf zu legen.

„Was tust du?" fragte Anna.

„Als ich sagte, ich würde hier schlafen, meinte ich jedes Wort. Gute Nacht, Mama. Gute Nacht, Papa", sagte Lucinda und schloss den Augen.

Am Morgen wachte Lucinda auf und verließ den Stall. Sie ging hinein, um zu baden, danach kehrte sie sofort zurück.

„Es sind nicht einmal zwanzig Minuten vergangen, seit du hier weg warst", sagte Anna.

„Ich weiß", antwortete Lucinda, band den Leinen los, um den Pferde nach draußen zu führen.

„Sonnenschein, endlich", sagte Anna und schaute nach oben.

„Danke, Lucinda", sagte Phil.

„Lass mich das heute tun, auch wenn ihr beide morgen nicht bei mir sein werdet", antwortete Lucinda.

Greg kam zu ihnen, streichelte zärtlich das weiße und das braune Pferd.

„Ich werde euch beide vermissen. Ich wünschte, Lucinda hätte mir das all den Jahre erklärt. Ich war kein Teil dieser Reise, aber hier bin ich und versuche, Abschied zu nehmen", sagte Greg traurig.

„Er weiß es, Mama und Papa. Ich habe ihm alles erzählt, und er glaubt mir", sagte Lucinda.

„Sag ihm, wir danken ihm, dass er so gut auf dich aufgepasst hat, und wir wollen, dass er damit fortfährt, wenn wir morgen weg sind", sagte Annalise.

„Was hat sie gesagt?" fragte Greg, als er sah, wie Annas Mund sich öffnete und schloss.

„Sie wollte nur danke sagen, dass du der Beste für mich warst", sagte Lucinda unter Tränen.

„Annalise und Phil, ich weiß, dass ihr beide mich hören könnt. Ich liebe euch beide, und ich hoffe, ihr könnt länger bleiben. Nun, ich bin mir einer Sache sicher: Ich weiß, das Schicksal wird euch beide irgendwie zurückbringen", sagte Greg.

„Danke, Opa", sagte Lucinda, als sie zusah, wie ihr Opa hineinging.

Nachdem sie einige Zeit draußen mit den Pferden verbracht hatte, brachte Lucinda sie zurück hinein, gab ihnen Heu zum Fressen und ging hinein, um zu frühstücken. Der Tag verging schnell, während Lucinda wünschte, den Zeiger der Uhr würden zurückdrehen.

In dieser Nacht schlief Lucinda im Stall, trotz Mayas Bitten, aber Greg musste Maya überzeugen, sie sein zu lassen.

„Ich werde euch beide vermissen. Gute Nacht", sagte Lucinda, schloss den Augen und schlief ein.

„Wach auf! Wach auf! Lucinda!" sagte Anna und brachte ihren Kopf näher an Lucindas Körper. Lucinda öffnete langsam den Augen und schaute auf den Pferde.

„Wir sind noch hier. Wenigstens haben wir den Chance bekommen, dir alles Gute zum Geburtstag zu wünschen", sagte Phil.

„Mögen deine Tage mit Liebe, Freude und Glück gefüllt sein, und vor allem mit Frieden", sagte Anna.

„Ihr beide verlasst mich nicht, oder?" fragte Lucinda und stand auf.

„Doch, das tun wir. Auf Wiedersehen, Lucinda. Pass auf dich auf, und wisse, dass wir dich immer lieben werden. Wir werden über dich wachen", sagte Anna.

„Lebe wohl, meine Tochter", antwortete Phil.

„Nein! Bitte geht nicht, nicht jetzt!" schrie Lucinda, öffnete den Augen und sah zu, wie den Seelen den Körper der Pferde verließen.

„Bitte, das ist nicht fair! Opa!" schrie Lucinda weinend.

Maya und Greg hörten das Schreien aus dem Stall und rannten hin, um das Problem zu sehen.

Maya und Greg kamen herein und sahen Lucinda weinend auf dem Boden. Greg kniete sich neben Lucinda und hielt sie fest.

„Sie ist weg, Opa. Sie und Papa. Sie sind trotz all meiner Bitten gegangen", sagte Lucinda weinend.

„Mach dir keine Sorgen, sie werden zurückkommen", sagte Greg.

„Ich will sie jetzt zurück. Ich brauche sie zu Hause. Warum mussten sie an meinem Geburtstag gehen? Warum konnten sie nicht länger bleiben? Warum ist das Leben unfair? Ich bin erst fünfzehn, aber ich habe meinen fairen Anteil an Schmerz gehabt. Warum passiert das mir?" schrie Lucinda, verließ den Stall, rannte ins Haus und verschloss den Tür.

Maya und Greg folgten. „Bitte mach auf, Lucinda. Wir sind für dich da", flehte Maya.

„Lasst mich einfach allein. Ich will allein sein. Geht!" antwortete Lucinda.

Sie versuchten alles, was sie konnten, flehten, aber Lucinda gab nicht nach.

„Warum hast du mir diesen einen Wunsch nicht erfüllt? Sag mir warum. Bist du okay damit, mich in so viel Schmerz und Elend zu sehen?" sagte Lucinda unter Tränen und warf den Muschel auf das Bett.

Es waren bereits Monate vergangen, doch Lucinda konnte nicht akzeptieren, dass ihre Eltern für immer weg waren. Sie ging in den Stall, in der Hoffnung, dass den Pferde mit ihr sprechen würden, und nach einer Weile ging sie. Lucinda hoffte auf ein Wunder. Jeden Morgen ging sie in den Stall und blieb eine Zeit lang, bevor sie ging.

Zwei Jahre waren seit dem ganzen Vorfall vergangen. Lucinda war an diesem Morgen aufgewacht, hatte gebadet, sich angezogen und ging direkt in den Stall. Sie holte das weiße Pferd heraus, stieg darauf und zusammmen rasten sie ins Dorf hinunter. Sie wollte ihren 17. Geburtstag in dem Haus verbringen, in dem sie geboren und aufgewachsen war.

Sie kam dort an, band den Leine an eine Säule und ging ins Haus, um zu sehen, dass alles sauber war, was unerwartet war. Sie hielt den Atem an, fragte sich, was schief sein könnte, und ging vorsichtig in den anderen Zimmer.

Später machte sie einen Spaziergang zum Fluss hinunter. Als sie dort ankam, zog sie ihre Kleidung aus, tauchte in den Fluss und fühlte Frieden. Derselbe Fluss hätte ihr vor so vielen Jahren das Leben genommen, wenn nicht den schnelle Intervention ihrer Eltern gewesen wäre. Nach ein paar Minuten im Fluss schwamm sie ans Ufer, zog sich um und ging zurück ins Haus. Dort band sie den Leine los und stieg auf das Pferd.

Sie wollte einfach nach Hause zurück und weinen, da das Haus zu viele Erinnerungen hatte. Aber sie trocknete den Tränen aus ihren Augen und zwang sich zu einem Lächeln.

„Behalte dieses lachende Gesicht, kleiner Engel", ertönte den Stimme. Lucinda war sich der Stimme sicher; es war den Stimme ihrer Mutter.

„Ihr seid zurück!" schrie Lucinda.

„Ja, dein Vater und ich sind zusammen zurückgekommen. Alles Gute zum Geburtstag, meine Liebe. Auch wenn du unsere Präsenz nicht spüren kannst, kannst du uns immer noch hören", antwortete den Stimme.

„Ich kann euch hören, und ich komme zurück", sagte Lucinda lächelnd, als sie das Pferd zurück zu dem Haus ihrer Eltern wendete, in den Richtung, aus der den Stimme kam.

„Welchen Wunsch? Wer muss den Wunsch äußern?" fragte Lucinda, aber niemand antwortete.

„Der Wunsch; sie muss in der Nacht des Vollblutmonds einen Wunsch äußern", flüsterte den Stimme langsam und leise erneut.

Es lag nun an Lucinda, den Rest herauszufinden. Die Zeit drängte, denn der Blutmond würde in weniger als einer Woche stattfinden.

Lucinda murmelte: „Jetzt muss ich das in Ordnung bringen", und wischte sich den Augen.

„Welcher Wunsch könnte das sein, und wer muss den Wunsch äußern?"

Als sie hörte, wie den Haustür aufging, legte sich Lucinda auf ihr Bett und dachte intensiv nach, versuchte, den Dinge zu verbinden, damit sie Sinn ergaben. Sie wusste, dass ihre Großeltern zurück waren, und sie wusste, dass einer von ihnen in ein paar Minuten in ihr Zimmer kommen würde.

Kurz darauf hörte Lucinda ein Klopfen an ihrer Tür. Es war ein leises Klopfen, aber ein Klopfen, das immer voller Zärtlichkeit und viel Liebe war.

„Komm rein", sagte Lucinda.

Greg öffnete den Tür, trat ein und setzte sich auf den Bettkante. „Es scheint, als würde dich etwas belasten. Was ist es?" fragte Greg.

„Mir geht's gut, Opa", antwortete Lucinda.

Kapitel Sechzehn

Es waren zwei Tage

Es waren zwei Tage bis zu Lucindas neunzehntem Geburtstag, und es war ein Tag, an dem Anya wusste, dass sie den Reise antreten mussten. Aber Anya wusste, dass Lucinda kein Problem sein würde. Sie wusste, dass ihre Großeltern es sein würden. Wie würden sie reagieren, wenn sie herausfänden, dass Lucinda eine Reise in eine andere Welt antrat? Obwohl sie in einige übernatürliche Aspekte von Lucinda eingeweiht worden waren, würde es für sie schwierig sein, den Erde auf einer Reise in eine völlig andere Welt zu verlassen.

Anya saß allein im Garten, als sie Greg in den Garten kommen und sich neben sie setzen sah.

„Die einzige Freundin, den meine Enkelin hat; bist du nicht mit Lucinda spazieren gegangen?" bemerkte Greg.

„Nein, ich bin hier und versuche, ein oder zwei Dinge zu regeln", antwortete Anya, als Greg sich umschaute und sagte: „Aber du bist nicht beschäftigt."

„Oh nein, nicht wirklich, aber darf ich dir eine Frage stellen?" fragte Anya.

„Klar. Nur zu", kommentierte Greg.

„Wärst du einverstanden, wenn Lucinda das Haus für eine fünftägige Reise verlässt, für etwas Grundlegendes?" fragte Anya.

„Ich bezweifle es, aber Maya würde nie zustimmen, selbst wenn ich Ja sage. Wir haben Lucinda lieben gelernt, und wir sind so an sie gewöhnt, dass wir keinen Tag ohne sie verbringen können. Wir wissen, dass sie eines Tages heiraten und das Haus verlassen wird. Sie ist alt genug, um zu entscheiden, aber es würde uns verletzen, wenn wir Lucinda nicht sehen könnten, selbst wenn es nur für einen Tag wäre", antwortete Greg.

„Was, wenn sie morgen heiratet? Sie wird nicht für immer hier leben, weißt du?" warf Anya ein.

„Ja, du hast recht. Als wir Annalise und Phil verloren, war das ein schwieriger Moment für uns, aber wir haben versucht, stark zu bleiben und glücklich zu wirken. Lucindas Anwesenheit bedeutet uns viel. Wir wissen, dass sie eines Tages heiraten und in das Haus ihres Mannes ziehen wird, aber bis dahin", antwortete Greg und hob den Hände in den Luft.

Lucinda, den auf dem Rückweg war, traf auf Jake in Begleitung von zwei Männern. Sobald Jake sie sah, entschuldigte er sich und ging auf sie zu.

„Lucinda, wie geht es dir, und wohin gehst du?" fragte Jake und versuchte, ihre Hand zu halten.

„Mir geht's gut; ich gehe nach Hause zurück", antwortete Lucinda.

„Okay, ich wollte fragen. Darf ich morgen, Samstag, vorbeikommen?" fragte Jake.

„Klar, warum nicht? Du bist immer willkommen, und danke für das Geschenk. Ich hatte noch keine Gelegenheit, dich zu treffen und dir danke zu sagen", antwortete Lucinda.

„Das ist kein Problem. Pass gut auf dich auf", sagte Jake, lächelte und ging weg, um sich wieder den Männern bei ihm anzuschließen.

Lucinda lächelte, als sie nach Hause ging. Als sie an diesem Abend zu Hause ankam, plauderte sie beim Abendessen mit ihren Eltern und Großeltern. Sie konnte ein wenig essen, und als sie gefragt wurde, behauptete sie, es gehe ihr gut.

„Würdest du und Opa mir je erlauben, fünf Tage draußen zu schlafen?" fragte Lucinda, als Maya und Greg sich ansahen. „Wohin gehst du?" fragte Maya.

„Ich gehe noch nirgendwo hin, stelle nur eine Frage. Ich möchte wissen, ob du und Opa mich vielleicht fünf bis sechs Tage nicht sehen würdet. Wäre das in Ordnung für euch beide?" fragte Lucinda erneut.

„Oh nein, das wäre nicht in Ordnung. Du kennst hier kaum jemanden, oder ist es bei Jake?" fragte Maya.

„Nein, es ist nicht Jake. Warum sollte ich fünf ganze Tage in Jakes Haus bleiben? Das ist verrückt. Ich gebe zu, dass ich ihn mag, aber ich bin nicht besessen von ihm", antwortete Lucinda.

„Also, wohin dann?" fragte Greg.

„Nur eine Frage, also würdet ihr beide mir erlauben, selbst wenn ihr nicht wisst, wohin?" fragte Lucinda, ein bisschen unverschämt.

„Die Antwort ist dann nein", sagte Maya kategorisch.

„Opa, wirst du nichts sagen?" fragte Lucinda und schaute Greg an.

„Ich stehe auf der Seite deiner Oma. Ich weiß, wir leben hier jetzt seit ein paar Jahren, aber Lucinda, den einzige Person, den du kennst, ist Jake. Wie denkst du, dass wir dir erlauben würden, das Haus zu verlassen? Wohin?" antwortete Greg.

„Ich werde in den nächsten zwei Tagen neunzehn. Ich werde euch Leute eines Tages trotzdem verlassen", antwortete Lucinda, während sie weiter an ihrem Essen knabberte.

Bald war sie mit dem Essen fertig, stand vom Stuhl auf, räumte den Tisch ab und ging dann direkt ins Wohnzimmer.

Nicht lange danach sagte Lucinda ihren Eltern und Großeltern gute Nacht, als sie in ihr Zimmer ging, um zu schlafen. Sie hatte einen stressigen Tag gehabt, und es gab keine Möglichkeit, dass sie bis Mitternacht wach bleiben konnte. Sie wusste, dass ihre Großeltern wach bleiben würden, damit sie reden und Annalise und Phil berühren konnten.

Lucinda lag auf dem Bett, während sie über Jake nachdachte, besonders besorgt über ihre Identität, besorgt darüber, wie er reagieren würde, wenn er herausfände, dass sie nicht menschlich war. Sie wusste, dass es keine Möglichkeit gab, mit Jake befreundet zu sein, während sie den Wahrheit über ihre Identität verbarg.

„Wie soll ich ihm überhaupt sagen, dass ich nicht vollständig menschlich bin? Wie soll ich ihm sagen, dass Anya auch nicht menschlich ist? Wie soll ich ihm meine wahre Identität enthüllen? Es ist so schwer, das zu ihm zu sagen. Er könnte mir nicht glauben, oder er könnte mir glauben, aber nie wieder etwas mit mir zu tun haben wollen", stöhnte Lucinda.

Sie war so verwirrt darüber, wie sie alles angehen sollte. Zum ersten Mal in ihrem Leben machte sie einen menschlichen Freund und wurde nun mit dem damit verbundenen Dilemma konfrontiert, dachte sie. Oder würde sie lieber den Lippen versiegelt halten?

„Wie schwer kann das sein!" rief Lucinda und seufzte gleichzeitig.

„Du siehst besorgt aus", sagte den Stimme, als Lucinda sich umdrehte und den Geist ihrer Mutter sah.

„Du bist hier", fragte Lucinda und setzte sich auf.

„Ich wusste, dass dich etwas quält, und ich musste kommen. Ich konnte dich nicht in der Gegenwart meiner Eltern fragen. Deshalb musste ich warten, bis du in dein Zimmer kommst, damit ich mit dir sprechen kann. Ist es also in Ordnung, mir zu sagen, was das Problem ist?" fragte Annalise.

„Es ist Jake, Mama. Ich bin so verwirrt. Er hat sich in den letzten Monaten als guter Freund erwiesen, und er hat mir alles erzählt, was ich über ihn wissen muss, aber das Problem ist, dass ich ihm gegenüber nicht fair bin", antwortete Lucinda.

„Wie meinst du, dass du ihm gegenüber nicht fair bist?" fragte Annalise.

„Mama, siehst du das nicht? Ich bin nicht vollständig menschlich. Eines Tages wird Jake den Wahrheit darüber herausfinden, wer ich bin, aber den Frage ist, wird er bleiben, wenn er es herausfindet? Ich fühle mich, als sollte ich ihm den Wahrheit sagen, aber andererseits will ich kein Wort zu ihm sagen. Ich will nicht, dass er eines Tages von der Wahrheit erfährt und sich entscheidet zu gehen. Ich habe Angst. Er ist der erste menschliche Freund, den ich je hatte", fasste Lucinda zusammen.

„Willst du ihm sagen, wer du bist?" fragte Annalise.

„Ich weiß nicht einmal, ob ich es ihm sagen oder den Lippen versiegelt halten soll, aber ich fühle, dass er nicht bleiben will. Er wird gehen", antwortete Lucinda.

„Verharre nicht in voreiligen Schlussfolgerungen. Du bist nicht Jake. Ich werde dich nicht bitten, es ihm zu sagen oder zu verschweigen, aber wenn du denkst, er ist ein Freund, weißt du vielleicht, was das Richtige ist. Ein Freund sollte alles über dich wissen. Selbst wenn du dich entscheidest, es ihm zu sagen und er geht, mach dir keine Sorgen.

Das würde ausreichen, um zu wissen, dass den Freundschaft sowieso nicht halten sollte. Aber vorher stelle sicher, dass er qualifiziert ist, in dem Atem des Wortes ‚Freund' zu atmen, bevor du ihm etwas verrätst", sagte Annalise.

„Danke, Mama. Ich wünschte nur, ich könnte dich sofort umarmen. Vielen Dank. Ich frage mich, wie das Leben ohne eine Mama an meiner Seite gewesen wäre", sagte Lucinda.

„Gern geschehen, mein Liebling. Mach dir keine Sorgen. Geh ins Bett. Ich weiß, du bist gestresst. Es steht dir ins Gesicht geschrieben. Du kannst mich morgen umarmen oder, wenn du Glück hast, früh morgens aufwachen", sagte Annalise.

„Gute Nacht, Mama", sagte Lucinda begeistert, bevor sie sich hinlegte und den Augen zum Schlafen schloss.

„Wann wird sie mir den Wahrheit sagen? Habe ich mich nicht all diese Monate als besserer Freund erwiesen? Ich habe ihr alles erzählt, was sie wissen muss, außer dass ich der Sohn der Sonne bin. Hält sie mich nicht für würdig, ihr alles über sich zu erzählen, obwohl ich es bereits weiß? Warum hat sie Angst, sich mir zu öffnen? Was könnte der Grund sein?" grübelte Jake, als er in den Himmel starrte.

Jake war den ganze Nacht wach gewesen und dachte über Lucinda nach, in dem Gefühl, dass sie den Wahrheit über sich hören musste, was beweisen würde, dass sie ihm vertraute.

„Du bist wach und denkst an sie. In was hast du dich verwandelt, Jake?" fragte den Stimme.

„Nicht schon wieder, Vater. Ich kann an jeden denken, den ich will. Außerdem bin ich nicht schläfrig", antwortete Jake.

„Ich sehe. Geh ins Bett, Jake. Sie wird dir selbst sagen, wer sie ist, wenn sie bereit ist", befahl den Stimme.

„Danke, Vater, aber ich schlafe später. Du hilfst nicht weiter", sagte Jake.

„Ich mag sie nicht, noch mag ich ihre Mutter, warum sollte ich dir helfen, jemanden zu bekommen, den ich nicht mag?" fragte den Stimme.

„Du und Lucindas Mutter braucht Hilfe. Dieses Mädchen hat dir nichts getan. Es ist nicht ihre Schuld, dass sie den Tochter des Mondes und der Sterne ist, und es ist nicht meine Schuld, dass ich dein Sohn bin. Wir sind beide unterschiedliche Menschen, und ich denke, das Schicksal hat uns verliebt gemacht, um den jahrhundertealte Spaltung zwischen dir und Lucindas Mutter zu lösen. Denk darüber nach. Gute Nacht, Vater", sagte Jake, stand auf und schloss das Fenster zu seinem Zimmer. Bald nachdem er sich auf das Bett gelegt hatte, schlief er ein.

... (aufgrund der Länge des Textes setze ich den Übersetzung fort, aber hier ist der vollständige Rest:)von dem Gedanken ab, es zu tun. Zu viele Ideen gingen ihm durch den Kopf, und gerade als er sich umdrehte, um zu gehen, flog den Tür auf, als Maya herauskam.

„Jake, du bist hier. Wie geht es dir?" fragte Maya.

„Mir geht's gut, und dir?" fragte Jake.

„Mir geht's gut. Ich nehme an, du bist hier, um Lucinda zu sehen. Geh in den Stall. Sie füttert den Pferde. Du kannst sie dort besuchen", sagte Maya.

„Danke", lächelte Jake, als er in den Hinterhof ging. Als er dort ankam, sah Jake, dass der Stall verschlossen war, was bedeutete, dass Lucinda mit dem Füttern der Pferde fertig war. Er wusste, dass der nächste Ort, an dem Lucinda sein würde, der Garten war. Er schlenderte dann hinunter und traf Lucinda, den den Garten goss.

„Die Blumen sehen so frisch und schön aus", sagte Jake, als Lucinda sich umdrehte und lächelte, als sie ihn sah.

„Es scheint, unsere Lieblingsblume ist den Lilie", sagte Jake, als Lucinda nickte und weiter den Blumen goss.

Sie nahm den Gießkanne und stellte sie an das ferne Ende, bevor sie sich neben Jake auf den Steinstuhl setzte, als sie fertig war.

„Also, erzähl mir, wie geht es dir?" fragte Lucinda.

„Mir geht's gut. Kein Bedarf, dich zu fragen, da ich sehe, dass du es gut machst", antwortete Jake, als Lucinda lächelte.

„Ist es lange her, seit du hier angekommen bist?" fragte Lucinda.

„Nein, ich habe deine Oma an der Tür getroffen, und sie hat mir gesagt, du fütterst den Pferde. Als ich den Stall überprüft und sah, dass er verschlossen war, wusste ich, dass du hier sein würdest", antwortete Jake.

„Ja, ich habe mich gerade entschieden, den Blumen zu gießen. Ihre Farben verleihen diesem Garten Schönheit", antwortete Lucinda.

„Ja. Das ist nett von dir", antwortete Jake.

„Ich reise. Ich werde fünf oder sechs Tage nicht da sein. Ich gehe mit Anya", erklärte Lucinda.

„Oh, aber was ist mit deinen Großeltern?" fragte Jake.

„Sie sind hier. Ich komme trotzdem zurück, verlasse nicht für immer", antwortete Lucinda, als Jake nickte.

„Ist alles in Ordnung? Du siehst nicht glücklich aus", fragte Lucinda.

„Mir geht's gut, ich habe nur dieses traurige Gefühl, dass ich dich ein paar Tage nicht sehen werde", antwortete Jake.

„Bist du sicher, dass das alles ist? Es scheint, als wärst du über etwas anderes besorgt. Du kannst mir sagen, was es ist", fragte Lucinda.

„Lucinda, abgesehen von der Reise, auf den du gehst, gibt es nicht etwas anderes, das du mir sagen musst?" fragte Jake.

„Etwas wie?" fragte Lucinda.

„Ich weiß nicht, aber ich fühle, dass du mir etwas sagen willst", antwortete Jake.

„Nein, nichts", antwortete Lucinda, während sie über das nachdachte, was Jake gesagt hatte, und sich fragte, ob er ihre wahre Identität herausgefunden hatte. Bald wurde sie alarmiert über das, was das Ergebnis einer solchen Enthüllung sein könnte.

Als er sah, dass Lucinda in Gedanken versunken war, entschied Jake, sie in den Gegenwart zurückzubringen, indem er sie anstupste. Er hatte versucht, ihre Aufmerksamkeit zu erregen, indem er dreimal ihren Namen rief, aber sie reagierte nicht. Lucinda setzte sich danach gerade hin.

„Worüber hast du nachgedacht? Über das, was ich gesagt habe? Ich habe dich dreimal gerufen, und als du nicht reagiert hast, musste ich dich berühren. Ist alles in Ordnung?" fragte Jake.

„Ja, mir geht's gut", versicherte Lucinda.

„Nein, dir geht's nicht gut. Es steht dir ins Gesicht geschrieben. Was ist das Problem?" fragte Jake in der Hoffnung, dass Lucinda den Gelegenheit nutzen würde, den Wahrheit zu verraten, aber stattdessen schwieg sie weiterhin darüber.

„Mach dir keine Sorgen, mir geht's gut. Denke nur über einige zufällige Dinge nach und auch über meine Großeltern. Aber zu dem, was du früher gesagt hast, ich habe dir bereits alles erzählt, was du wissen musst. Ich verberge nichts mehr. Also musst du dir keine Sorgen machen", sagte Lucinda lächelnd, als Jake nickte.

„In Ordnung, das ist okay", antwortete Jake.

Die beiden diskutierten, als Anya hereinkam und Jake begrüßte, aber Jake schwieg und tat so, als hätte er ihre Begrüßung nicht gehört.

„Ich gehe jetzt", kündigte Jake an, stand auf und ging sofort hinaus. Es hatte keinen Sinn für ihn, dort zu bleiben, da Anya bereits bei ihr war. Er wartete nicht einmal darauf, dass Lucinda ein Wort sagte.

„Warum geht er?" fragte Anya und tat überrascht.

„Wegen dir, schätze ich. Ich frage mich, warum du ihn so hasst und verachtest", sagte Lucinda.

„Er ist derjenige, der mich hasst", sagte Anya.

„Nein, das stimmt nicht. Ich kenne Jake, und ich kenne dich. Er sieht dich als Bedrohung, weil du nicht willst, dass er mir nahekommt, was wahr ist, aber warum, Anya? Jake ist in allen Schattierungen gutaussehend und nett", sagte Lucinda.

„Vielleicht mögen wir uns beide nicht. Deine Großmutter will dich drinnen zum Mittagessen", sagte Anya knapp.

„Aber du hast meine Frage nicht beantwortet: Warum hasst du ihn?" fragte Lucinda.

„Ich hasse ihn nicht; ich hasse seine Frechheit", sagte Anya, stand auf und ging ins Haus. Lucinda seufzte und folgte ihr, versuchte zu verstehen, was Anya meinte.

„Oh, ich dachte, du wärst bei Jake. Wo ist er?" fragte Maya.

„Oh, Jake. Er ist gegangen", antwortete Anya.

„Warum ist er nicht einmal hereingekommen, um mich zu begrüßen?" fragte Greg.

„Etwas ist plötzlich aufgetaucht, also musste er schnell gehen", log Lucinda.

„Dann lasst uns essen", sagte Maya, als sie alle sich setzten, während Maya das Essen austeilte.

„Ich bin sicher, Anya verhindert, dass Lucinda den Wahrheit verrät. Sie hat geschworen, mir das Leben zur Hölle zu machen, und sie ist dabei. Ich hasse sie einfach", fluchte Jake, als er nach Hause schlenderte.

Als Jake zu Hause ankam, ging er direkt in sein Schlafzimmer und setzte sich auf das Bett.

„Warum gibst du nicht auf bei diesem Mädchen?" fragte den Stimme.

„Ich kann nicht, Vater, ich kann nicht. Abgesehen von der Prophezeiung bin ich gewachsen, Lucinda zu lieben. Ich weiß nicht, warum sie es schwer findet, sich mir vollständig zu öffnen", antwortete Jake.

„Vielleicht liebt sie dich nicht genug", sagte den Stimme.

„Oder vielleicht vertraut sie mir nicht genug. Jemandem zu sagen, den sie für einen Menschen hält, dass sie den Tochter des Mondes und der Sterne ist, ist enorm. Das ist der genaue Grund. Was das Lieben angeht? Ich weiß, dass Lucinda mich liebt", antwortete Jake.

„Nun, wann kommst du nach Hause?" fragte den Stimme.

„Wenn Lucinda bereit ist, nach Hause zu gehen", antwortete Jake.

„Du hast dieses Mädchen einen besseren Teil von dir nehmen lassen. Du solltest sie hassen und nicht lieben", fügte den Stimme hinzu.

„Vater, kannst du bitte aufhören? Ich weiß, dass du und den Königin Erzfeinde seid. Und sie hat den Prophezeiung bereits akzeptiert. Warum kannst du das nicht auch tun? Es gibt nichts zu hassen an Lucinda. Dieses Mädchen ist unschuldig, naiv und makellos. Ich bin froh, dass das Schicksal uns zusammengebracht hat", antwortete Jake.

„Ich muss mich ausruhen, aber ich will nur, dass du bald nach Hause kommst", antwortete den Stimme.

„Ich kann nicht nach Hause kommen, ohne ein Kind auf diesem Planeten zu hinterlassen. Das weißt du bereits", antwortete Jake.

„Die Zeit tickt. Du hast kaum bis zu vier Jahrzehnten übrig. Ich brauche dich zu Hause. Du hast eine Welt zu regieren hier", sagte den Stimme, als Jake stöhnte und rückwärts auf das Bett fiel, geistig erschöpft.

„Es sind nur ein paar Tage. Nicht so, als würde ich ein ganzes Jahr dort verbringen", sagte Lucinda.

Lucinda fand es schwer, ihre Großeltern von der Reise zu überzeugen, den sie machen musste. Sie musste den Welt besuchen, aus der sie stammte.

„Du könntest dorthin gehen und entscheiden, nicht nach Hause zu kommen. Wie denkst du, dass wir dich gehen lassen würden? Es ist heute dein Geburtstag. In den letzten acht Jahren haben wir immer deinen Geburtstag zusammen gefeiert. Warum sollte heute anders sein?" fragte Maya.

„Nein, warum denkst du überhaupt daran? Das ist immer noch mein Zuhause. Mama und Papa sind hier. Du und Opa seid hier. Warum sollte ich in einer anderen Welt bleiben? Und natürlich weiß ich, dass es mein Geburtstag ist, umso mehr Grund, warum ich heute gehen muss. Bitte versteht mich", flehte Lucinda.

„Die Wahrheit ist, dass wir Angst haben. Dinge könnten schiefgehen. Wenn du gehst und nicht zurückkommst, würde ich das nicht überleben", fügte Greg hinzu.

„Ich schwöre beim Mond und den Sternen, ich werde nach Hause kommen", schwor Lucinda.

„Sie hat bereits den Mond und den Sterne erwähnt, also weiß ich, dass sie zurückkommen wird. Lasst sie einfach gehen", sagte Phil.

„Phil hat recht. Lasst Lucinda gehen. Sie wird zurückkommen, und sie meint es ernst", fügte Annalise hinzu.

„Ich verspreche, sie zurückzubringen. Wir müssen heute gehen. Ich schwöre beim Mond und den Sternen", sagte Anya, als Maya eilte und Lucinda fest umarmte, während Tränen über ihre Wangen liefen.

Greg kam näher zu ihnen und umarmte sie auch. Lucindas Abwesenheit würde sie hart treffen, selbst wenn es eine vorübergehende Abwesenheit wäre.

„Ich verspreche, ich werde in sechs Tagen zu Hause sein", versicherte Lucinda erneut. Die Worte waren kaum aus ihrem Mund, als Anya sie berührte, und sie beide verschwanden direkt vor allen Anwesenden. Maya und Greg umarmten sich, als Maya in den Armen ihres Mannes weinte. Annalise und Phil mussten sie trösten.

Anya und Lucinda näherten sich dem Eingang zur Welt des Mondes und der Sterne. Lucinda konnte nicht anders, als das prächtige Tor direkt vor ihr anzustarren, das aus purem Gold bestand und vom Glanz des Mondes glitzerte.

„Bist du bereit, dein Zuhause zu treffen?" fragte Anya, als Lucinda nickte.

Anya schob das Tor langsam auf, als sie beide hineingingen. Lucindas Kiefer fiel herunter, als sie den neue Welt betrachtete, den sich vor ihr entfaltete.

„Meinst du, ich komme von hier?" fragte Lucinda mit weit geöffneten Augen und Mund.

„Ja, willkommen zu Hause, Lucinda", begeisterte Anya.

„Dieser Ort ist jenseits der Beschreibung. Zu sagen, er ist schön, ist eine Verhöhnung. Er ist jenseits von schön; er ist erstaunlich", sagte Lucinda, als sie den schönen Blumen und Kreaturen betrachtete, den sich bewegten.

„Lass uns gehen", sagte Anya, als sie Lucindas Hand hielt, und sie beide in den Stadt aus Gold gingen.

Lucinda beobachtete, wie den Männer am Eingang sich vor ihnen verbeugten. Einer von ihnen öffnete schnell den Tür.

Lucinda war sprachlos und zu schwach, um ein Wort zu sagen. Sie drehte sich zur Seite, bewunderte den Umgebung vor ihr, als sie neben einem Schloss stand, grandios und regal jenseits dessen, was ihr kindlicher Geist je vorstellen konnte.

„Lass mich raten, das ist Zuhause, richtig?" fragte Lucinda und zeigte auf das Schloss, als Anya nickte.

Bald spürte Lucinda eine Hand, den sie berührte, und sie drehte sich leise um, um zu sehen, wer es war. Lucinda war schockiert, eine Frau vor sich stehen zu sehen. Sie war den Schönste von allen, und Lucinda bemerkte eine auffällige Ähnlichkeit mit der Frau. Ihre Haut war weiß wie Schnee, und ihr Haar war weiß wie Wolle. Sie alterte wunderschön.

„Willkommen zu Hause, mein Kind", sagte den Frau, als Lucinda den Hände hob und das Gesicht der Frau berührte, den im Gegenzug lächelte.

„Bist du den Frau, aus deren Lenden ich hervorgegangen bin?" fragte Lucinda, als den Frau nickte.

„Wie heißt du?" fragte Lucinda.

„Salle, Königin Salle", antwortete sie.

„Wäre es in Ordnung, wenn ich dich Mutter oder Königin Salle nenne?" fragte Lucinda, als Königin Salle lächelte und antwortete: „Jedes von beiden ist in Ordnung."

„Danke, Anya, für den gute Arbeit. Du hast dich großartig um sie gekümmert, und ich bin beeindruckt", lobte Königin Salle, als Anya lächelte und zwischen den Lächelns sagte: „Danke, meine Königin."

„Du darfst gehen", sagte Königin Salle, als Anya sich schnell in einen Werwolf verwandelte und aus dem Palast raste.

„Kommt sie zurück?" fragte Lucinda.

„Natürlich, aber nicht jetzt. Ich habe viel zu zeigen, Tochter", sagte Königin Salle, als Lucinda nickte.

Königin Salle ging leise den Weg hinunter, als Lucinda folgte. Als sie zu einer Tür kamen, schob Königin Salle sie langsam auf.

Lucinda war schockiert, etwas wie den Mond direkt dort im Raum hängen zu sehen, während sein Licht den gesamten Raum erleuchtete.

„Was ist das? Es ist schön, und es ist riesig", fragte Lucinda.

„Berühre es und sag mir, was du siehst", antwortete Königin Salle.

Lucinda schaute den Königin für etwas an, das eine Ewigkeit zu sein schien, bevor sie den Hand ausstreckte, um den Mond zu berühren. Und kaum hatte ihre Hand ihn gespürt, begann sie eine Reihe von Visionen zu sehen.

„Wie würdest du nennen, was du gesehen hast? Gut oder böse?" fragte Königin Salle, sobald Lucinda sich von ihrem Schock erholt hatte.

„Ich weiß nicht. Statt dir saß ich auf deinem Thron. Meine Eltern blieben nicht lange bei mir in der Menschenwelt, und ich sah meine Großeltern gehen", sagte Lucinda.

„Ich altere, Lucinda. Jemand muss den Thron übernehmen, wenn ich nicht mehr bin. Der Mond hat dich, deine Eltern und deine Großeltern gewählt. Sie gehen jetzt nicht, aber eines Tages werden sie es, weil sie zurückkommen müssen, um sich auf den Ankunft ihrer neuen Königin vorzubereiten. Dieser Ort ist dein Zuhause. Du wirst nicht für immer auf der Erde bleiben. Und dann, wenn du auch alterst, wird eines deiner Kinder gewählt, um von dir zu übernehmen", antwortete Königin Salle.

Lucinda sagte kein Wort, als sie näher zum Mond ging, ihn anstarrte und leise fragte: „Warum zeigst du mir nichts über Jake? Vielleicht ist jetzt den Zeit, es mir zu sagen."

„Wenn du zur Erde zurückkehrst, müsst du und Jake entscheiden, ob ihr zusammen enden werdet", sagte Königin Salle, als Lucinda sich umdrehte und fragte: „Wie hast du das gehört?"

„Du fragst mich das? Was wusste ich nicht? Du weißt nicht alles, Kind. Mach dir keine Sorgen. Sobald du diesen Thron besteigst, werden

den Kräfte auf dich übertragen, aber im Moment sehe ich, dass dieser Jake dich glücklich macht. Er ist der glücklichste Mann, dich zu haben", antwortete Königin Salle, als Lucinda errötete.

„Ich kann ihm nichts über mich sagen. Ich will es, und andererseits will ich es nicht. Ich bin verwirrt. Er verdient es, den Wahrheit zu kennen. Er hat gespürt, dass ich etwas vor ihm verberge. Wir haben uns getroffen, bevor ich hierherkam, und als er das andeutete, war ich traurig. Ich wusste, dass ich schuldig war, aber wie erkläre ich, dass ich nicht den bin, für den er mich hält? Er wird mich verlassen, wenn er herausfindet, wer ich bin", sagte Lucinda mit tränenreicher Stimme.

„Sag es ihm und lass ihn selbst entscheiden", antwortete Königin Salle.

Lucinda ging näher zu Königin Salle und umarmte sie fest, sagte: „Ich habe zwei Mütter, eine hier und den andere auf der Erde. Ich habe viele Dinge für sie getan, und ich hoffe, eines Tages etwas im Gegenzug für all meine Wünsche zu tun, den du erfüllt hast."

Königin Salle lächelte und sagte: „Du bist meine Tochter, und ich muss dir das Leben auf der Erde erleichtern."

„Danke, Mama", sagte Lucinda lächelnd.

„Anya wird jeden Moment hier sein, um dich nach Hause zu bringen", sagte Königin Salle.

„Aber es sind nicht einmal vier Stunden vergangen, seit wir hier angekommen sind?" fragte Lucinda.

„Die Zeit hier unterscheidet sich von der Erde. Du bist für deine Tage auf der Erde weg gewesen. Deine Großeltern vermissen dich bereits. Sie wollen dich so schnell wie möglich zu Hause", antwortete Königin Salle.

„Ich wusste nicht, dass es hier so funktioniert", sagte Lucinda.

Königin Salle entfernte ihre Halskette und legte sie Lucinda um, zusammen mit ihrem Armband, das das Symbol des Mondes und der Sterne hatte.

„In Zukunft nimm sie nicht ab. Trage sie immer. Versprich mir, dass du das tust", sagte Königin Salle.

„Ich verspreche es. Ich werde sie nicht abnehmen", sagte Lucinda lächelnd.

„Dann lass uns gehen", sagte Königin Salle, als sie Lucindas Hand hielt, und sie beide zusammen aus dem Raum gingen. Anya wartete bereits im Thronsaal.

„Anya!" rief Lucinda, als sie näher zu Lucinda ging und sie umarmte.

„Danke, dass du sie auf der Erde sicher gehalten hast", sagte Königin Salle.

„Gern geschehen, meine Königin. Es ist meine Pflicht. Ich kann nicht zusehen, wie der Geliebten der Königin Schaden zugefügt wird", antwortete Anya.

„Danke. Du wirst Lucinda nach Hause bringen. Es ist bereits Zeit zu gehen. Eine Stunde hier ist ein Tag dort. Ihre Großeltern vermissen sie bereits. Sie wollen sie dringend zu Hause", sagte Königin Salle, als Anya sich verbeugte, wonach den Königin näher zu Anya und Lucinda kam, ihre Hände fest hielt, als sie einige seltsame Worte murmelte, was sie dazu brachte, in dünne Luft zu verblassen. Sie hatte sie zurück zur Erde geschickt.

Lucinda war überrascht, sich in ihrem Schlafzimmer wiederzufinden.

„Zuhause ist wunderschön. Ich kann nicht glauben, dass das der Ort ist, von dem ich komme", sagte Lucinda, als Anya lächelte und sagte: „Ich weiß, dass du eines Tages eine bessere Königin sein wirst."

Lucinda lächelte, als sie zusammen mit Anya aus dem Schlafzimmer ging. Maya war schockiert, Lucinda neben sich stehen zu sehen. Lucinda musste sie umarmen, während sie noch saß, als sie versuchte aufzustehen.

„Ich bin froh, dass du zu Hause bist. Ich dachte, du würdest nie wieder zurückkommen", sagte Maya mit tränenreicher Stimme.

„Ich bin zu Hause. Das ist mein Zuhause", antwortete Lucinda.

„Wo ist Opa Greg?" fragte Anya.

„Oh, er schläft und—"

„Ich bin jetzt wach", sagte Greg und kam aus der Tür, als Lucinda zu ihm eilte, wo er stand, und ihn fest umarmte.

„Danke, dass du nach Hause gekommen bist", sagte Greg.

„Das ist mein Zuhause. Ich kann nicht gehen. Ein Teil von mir lebt immer noch hier", antwortete Lucinda.

„Jake war heute Morgen hier. Er hat nach dir gefragt, und ich habe ihm gesagt, dass du bald zurück sein würdest", sagte Maya.

„Jake? Okay. Ich werde ihn heute Abend sehen“, sagte Lucinda lächelnd.

„Lass mich schnell etwas Nettes vorbereiten“, sagte Maya, stand auf und ging in den Küche.

„Ich weiß, dass meine Mama und Papa jetzt nicht hier sind, und sie sollten bald zurück sein. Sag ihnen, dass ich bald zu Hause sein werde. Lass mich Jake sehen“, sagte Lucinda, als sie aus dem Haus raste. Sie wartete nicht einmal auf Anyas oder ihres Opas Antwort, bevor sie ging.

Als Lucinda zu Jakes Wohnung kam, stand sie an der Tür und klopfte, und nach einigen Minuten flog den Tür auf, als Jake herauskam.

Er war schockiert, Lucinda direkt vor sich stehen zu sehen, als er sie schnell umarmte.

„Ich weiß, es ist verspätet, aber ich kann dir immer noch alles Gute zum Geburtstag wünschen. Ich habe dich so sehr vermisst“, flüsterte Jake in Lucindas Ohr.

„Gleichfalls“, sagte Lucinda lächelnd, als sie ins Wohnzimmer gingen und sich fest umarmten.

Kapitel Siebzehn

Anya betrat

Anya betrat Lucindas Zimmer, um sie zu treffen, verloren in ihren Gedanken. Sie stand einfach da, beobachtete sie und bewunderte sie gleichzeitig. Aber kurz darauf versuchte sie, ihre Aufmerksamkeit zu erregen, doch es schien, als wäre ihr Geist nicht mehr in diesem Zimmer.

Anya setzte sich auf den Bettkante und streckte den Hand aus, berührte Lucinda, den sofort in den Gegenwart zurückkehrte. Sie tat es ein zweites Mal, doch Lucinda reagierte nicht.

„Wie lange bist du schon hier?" fragte Lucinda.

„Seit über drei Minuten. Ich habe dich zweimal gerufen, aber du hast an etwas anderes gedacht. Gibt es ein Problem?" fragte Anya.

„Ja, merkst du ihre Abwesenheit nicht? Sie wollte regelmäßig besuchen, aber es sind jetzt Monate her, seit sie das letzte Mal da war. Denkst du, ich habe sie verletzt? Ich kann leicht um Verzeihung bitten, wenn ich das getan habe", sagte Lucinda mit einem traurigen Blick.

„Du meinst Amber?" fragte Anya.

„Ja, ich sehne mich danach, sie zu sehen. Es ist so lange her, und es tut weh, sie nicht zu sehen. Wir haben jede Nacht hier verbracht; sie ist Teil von uns. Sie ist Familie, aber plötzlich ist sie nicht mehr da. Ist das nicht seltsam?" fragte Lucinda.

„Ja, jetzt verstehe ich, wohin du zielst", sagte Anya. „Weißt du, ich vermisse Amber. Es sind Monate her, seit ich sie das letzte Mal gesehen habe.

Warum kommt sie nicht mehr vorbei? Ich dachte, sie hat versprochen, oft zu besuchen. Warum hält sie sich nicht an ihr Versprechen?" fragte Lucinda.

„Lucia, ich weiß..."

„Warte, wie hast du mich gerade genannt?" fragte Lucinda überrascht.

„Ich habe dich Lucia genannt", antwortete Anya, als Lucinda lächelte.

„Hör zu, ich weiß, dass du Amber um jeden Preis sehen willst. Ich weiß auch, dass du dich danach sehnst, sie zu treffen, aber du solltest wissen, dass Amber nicht wie du und ich ist. Sie hat begrenzte Zeit, um auf dieser Erde zu sein."

„Ich kann immer noch—"

„Du kannst nichts dagegen tun, Lucinda. Einige Wünsche können nicht erfüllt werden. Du musst dir keine Sorgen machen. Schließlich wird Amber vorbeikommen, dann wird sie es erklären, damit du es verstehst. Du warst lange mit ihr zusammen, also bin ich sicher, dass ihr euch besser versteht", antwortete Anya.

„Wenn sie kommen wird, muss sie bald kommen. Es sind Monate ohne sie", antwortete Lucinda.

„Mach dir keine Sorgen; du wirst in Ordnung sein", sagte Anya, stand auf, um zu gehen, aber Lucinda rief sie zurück.

„Verlässt du mich ganz allein?" fragte Lucinda.

„Vielleicht solltest du Jake besuchen, wenn du Gesellschaft brauchst, und ich denke, du tust es. Ich gehe nicht hinein. Ich gehe in den Büsche", antwortete Anya, als Lucinda lächelte, als sie Anyas Vorschlag hörte. Sie beobachtete, wie Anya in dünne Luft verblasste. Aber Lucinda ging nirgendwo hin. Sie blieb den ganzen Tag in ihrem Zimmer und wälzte sich auf dem Bett. Am Abend betrat Anya ihr Zimmer und traf sie immer noch auf dem Bett liegend. Sie stand in der Tür und starrte sie an.

„Warum schaust du mich so an?" fragte Lucinda.

„Amber geht. Sie ist hier, um ihren endgültigen Abschied zu sagen", ließ Anya den Nachricht fallen, als Lucinda sofort aufstand und ins Wohnzimmer eilte, um Amber mit ihren Großeltern zu sehen.

„Amber, du weißt, dass du nicht aufhören kannst zu besuchen. Du bist wie Familie für uns. Ich will dich weiter sehen. Du kannst nicht einfach kommen, um goodbye zu sagen. Das ist nicht fair", jammerte Lucinda.

„Ich wollte dasselbe, aber du weißt, dass das unmöglich ist. Wir sind zwei unterschiedliche Wesen. Ich muss gehen und ruhen, aber ich werde dir ein Versprechen geben: Wenn du dein erstes Kind zur Welt bringst, werde ich zu dir als Tochter kommen. Merke dir das", sagte Amber.

„Aber das wird eine lange Zeit dauern. Siehst du nicht, wie elend ich bin? Bitte bleib meinetwegen", sagte Lucinda mit tränenreicher Stimme.

„Sie muss gehen, Lucinda. Ich weiß, das wird schwer für dich zu akzeptieren, aber du musst es einfach hinnehmen. Mach dir keine Sorgen. Mit der Zeit wirst du dich an ihre Abwesenheit gewöhnen. Sie hat versprochen, als Kind aus deinen Lenden zurückzukommen", sagte Annalise.

„Es ist schwer, sie gehen zu lassen. Ich kann mir nicht vorstellen, ihr Gesicht nicht mehr zu sehen", sagte Lucinda, als Tränen über ihre Wangen liefen.

„Es wird gut werden. Du musst einfach an den guten Erinnerungen festhalten, den ihr beide geteilt habt", sagte Annalise.

„Deine Mutter hat recht. Weinen wird das Problem nie lösen.

Glaube einfach, dass sie eines Tages zurückkommen wird", tröstete Phil.

„Es ist leichter gesagt als getan. Wie soll ich ohne sie zurechtkommen?" fragte Lucinda.

„Deine Großmutter und ich sind bei dir. Deine Eltern, siehst du das nicht?" fragte Greg in der Hoffnung, Lucinda ein Maß an Trost zu bringen.

„Bitte, Lucinda, wische deine Tränen ab. Sie verletzen mich. Ich hasse es, dich so zu sehen. Du musst einfach an den guten Zeiten denken, den ihr geteilt habt, bitte", flehte Maya.

„Lucinda, bitte hör auf sie. Ich werde bald zurück sein", sagte Amber, als Lucinda eilte und sie fest umarmte.

„Wenn du bereit bist, Samen in diese Welt zu bringen, werde ich als dein erstes Kind kommen", versicherte Amber.

„Ich weiß, dass du es meinst, aber es ist schwer loszulassen", sagte Lucinda.

„Mach dir keine Sorgen. Ich werde früher hier sein, als du dir vorstellst", sagte Amber, als sie langsam den Tränen aus Lucindas Augen wischte.

Als Amber näher zur Tür ging, drehte sie sich um und winkte Lucinda und ihrer Familie goodbye, bevor sie in dünne Luft verschwand. Lucinda fiel in den Arme ihrer Großmutter und weinte bitterlich, während alle sie zu trösten versuchten.

„Dein Herz ist schwer. Du fragst dich, was das Richtige ist. Um dem Ganzen den Krone aufzusetzen, bist du verwirrt. Hey, schau mich an", sagte Jake, als er sanft seine Hände auf Lucindas Gesicht legte und sagte: „Du weißt, dass du dich mir anvertrauen kannst. Was ist das Problem?"

Das Leben mit Jake in den letzten Monaten war eines der besten Momente überhaupt für Lucinda. Lucinda war immer noch besorgt darüber, wie Jake reagieren würde, wenn er den Wahrheit über sie erfahren würde. Sie wollte den Wahrheit verraten, aber andererseits versuchte sie, ihre Freundschaft um jeden Preis zu schützen.

„Du sagst nichts? Ich warte immer noch auf deine Antwort", sagte Jake und schaute tief in ihre Augen.

„Ich möchte mit dir über etwas Wichtiges sprechen, aber den Wahrheit ist, ich weiß nicht, wie du—" Lucinda hielt inne, stöhnte frustriert, während Jake geduldig wartete, dass sie ihren Satz beendete. Aber als klar war, dass sie nichts weiter sagen würde, musste Jake den Stille brechen.

„Was willst du mir sagen, und warum sagst du nichts? Siehst du nicht, wie elend du aussiehst? Du willst es herauslassen, hast aber Angst zu sprechen", sagte Jake.

„Du verstehst nicht—"

„Ich verstehe alles, Lucinda. Aber wenn du wüsstest, worum es bei Freundschaft geht, wenn ich dir viel bedeute, würdest du nichts vor mir verbergen. Schau dich um; ich bin der einzige Freund, den du hast, und du bist auch der einzige Freund, den ich habe. Was lässt dich denken, dass dein Geheimnis bei mir nicht sicher ist?" fragte Jake.

Lucinda drehte sich scharf um und fragte: „Woher weißt du, dass es ein Geheimnis ist?"

„Versuche nicht, vom Hauptthema abzulenken. Natürlich ist es ein Geheimnis, weil du es schwer findest, es zu sagen. Vielleicht, wenn du mich als Freund betrachtest, werde ich es wissen, aber ich denke, ich bin im Moment nur ein Nachbar, der den Straße hinunter wohnt. Pass gut auf dich auf, Lucinda", sagte Jake, stand auf und ging.

Lucinda versuchte, ihn zurückzurufen, aber er ignorierte sie und eilte davon. Lucinda setzte sich zurück auf den Stuhl, als Tränen ihren Weg zu ihren Wangen fanden.

„Was habe ich getan? Ich habe den einzigen Freund, den ich habe, vergrault. Werde ich mir je verzeihen?" fragte Lucinda mit tränenreicher Stimme.

Als Lucinda es nicht mehr aushalten konnte, rannte sie ins Haus und ging direkt in ihr Zimmer. Sie verschloss den Tür und legte einen Zauber darauf. So hätten nicht einmal Anya oder den Geister ihrer Eltern Zugang zum Zimmer. Sie wollte niemanden sehen oder mit jemandem sprechen. Sie wollte einfach allein sein.

„Was habe ich gerade getan? Was habe ich mir angetan? Wie soll ich ihm den Wahrheit sagen? Jetzt habe ich nur zwei Optionen: ihm sagen und meine Freundschaft retten oder schweigen und ihn für immer verlieren. Was, wenn ich es ihm sage und er geht? Und was, wenn er nicht geht? In den letzten Monaten bin ich gewachsen, ihn zu lieben. Der einzige Mensch, der sich als guter Freund erwiesen hat", stöhnte Lucinda.

Lucinda konnte sich nicht vorstellen, ihren einzigen Freund zu verlieren. Sie wusste, dass sie sich Jake irgendwie erklären musste, weil Schweigen alles ruinieren würde. Lucinda war immer noch in ihrem Aufruhr der Gedanken, als sie bemerkte, dass Anya versuchte, Zugang zum Schlafzimmer zu bekommen. Sie musste den Zauber aufheben, und gerade als sie das tat, erschien Anya im Zimmer.

„Was ist das Problem? Warum hast du mir den Zugang zu deinem Zimmer verweigert? Was ist los?" fragte Anya, aber sobald sie Lucinda in Tränen sah, ging sie zu ihr und trocknete ihre Tränen.

„Was ist los? Du warst vor ein paar Minuten bei Jake, und jetzt bist du hier und weinst dich aus. Was ist das Problem?" fragte Anya.

„Es ist Jake", sagte Lucinda unter Schluchzen.

„Ich wusste, dass dieser Junge nichts Gutes im Schilde führt. Wie wagt er...?"

„Anya, er hat nichts getan", sagte Lucinda und unterbrach Anya.

„Wenn er nichts getan hat, warum bist du in Tränen? Warum deckst du ihn?" fragte Anya.

„Ich decke ihn nicht. Was auch immer zwischen Jake und mir passiert, ist ganz meine Schuld. Siehst du nicht, dass er den ganze Zeit freundlich, gut und nett zu mir war? Er hat sich als guter Mensch erwiesen. Er hat mich mit offenen Armen akzeptiert, und was habe ich getan? Ich habe einen vitalen Teil meines Geheimnisses vor ihm verborgen. Ich denke, er hat bemerkt, dass ich etwas vor ihm verberge, und heute, als er es nicht mehr aushalten konnte, ist er gegangen. Selbst als ich versuchte, ihn zurückzurufen, hat er nicht angehalten. Er tat so, als hätte er den Klang meiner Stimme nicht gehört. Ich schätze, ich habe den einzigen Freund verloren", sagte Lucinda mit tränenreicher Stimme.

„Nein, du hast ihn nicht verloren. Ich bin sicher, er wird sich beruhigen. Er ist wütend, aber du kannst ihn vergessen und weitermachen, wenn er nicht kommt. Er ist nicht der Einzige hier auf der Erde, oder gibt es etwas anderes, das du mir nicht sagst?" fragte Anya.

Lucinda sagte nichts. Stattdessen legte sie sich auf ihr Bett und deckte sich zu. Als Anya das sah, lächelte sie und ging aus dem Zimmer.

Jake kam nach Hause und ging direkt, um sich etwas zu essen zu holen. Er war so wütend auf Lucinda. Er war wütend und traurig, dass Lucinda ihm nicht genug vertraute, um ihm alles zu erzählen.

„Hey!" sagte den Stimme, als Jake sich umdrehte und seufzte.

„Nur weil du Kräfte hast, gibt dir das nicht den Frechheit, jederzeit in mein Haus zu kommen. Hab etwas Respekt", schimpfte Jake.

„Ich musste kommen; es ist notwendig. Ich wollte nur ein paar Fragen stellen. Dann bin ich weg", antwortete Anya.

„Was willst du?" fragte Jake.

„Ich möchte fragen, warum du egoistisch, stolz und arrogant bist. Die Tatsache, dass du der Sohn der Sonne bist, stellt dich nicht über alle anderen", sagte Anya.

„Stolz und arrogant? Ich weiß, dass ich das nicht bin, aber was meinst du mit egoistisch? Was habe ich getan? Ich weiß, dass ich absolut nichts getan habe, um diese Bezeichnung von dir zu bekommen", antwortete Jake.

„Oh wirklich? Dann warum kannst du nicht ehrlich sein und Lucinda den Wahrheit sagen? Sag Lucinda, wer du bist. Du musst nicht warten, bis sie dir sagt, wer sie ist, oder steht irgendwo geschrieben, dass Lucinda den Erste sein muss, den den Wahrheit über ihre echte Identität verrät? Und als ob das nicht genug wäre, hast du sie dazu gebracht, sich einzuschließen und zu weinen, als hätte sie jemanden verloren, der ihr teuer ist. Was für ein Mensch bist du? Seit ich Lucinda kenne, habe ich sie nie so gesehen. Alles, was ich sagen kann, ist, dass ich dich dafür hasse. Ich weiß nicht, was du zu ihr gesagt hast, aber ich will, dass du zurückgehst und dich entschuldigst", sagte Anya.

„Zwing mich, wenn du kannst, aber ich bin sicher, dass ich keine gemeinen Worte gegen Lucinda verwendet habe. Sie weint, weil sie einen Freund in mir verloren hat. Als ich das sagte, meinte ich es. Ich habe Lucinda meine Welt gezeigt. Ich habe ihr alles erzählt, was sie wissen muss, außer der Tatsache, dass ich der Sohn der Sonne bin, was ich warte, bis zum Tag, an dem sie zwanzig wird, bevor ich es ihr sagen kann. Aber da du zu eifrig bist, dass sie den Wahrheit über mich erfährt, werde ich sie treffen und es ihr sagen, und danach bin ich weg. Jetzt kannst du mein Haus verlassen, Anya, und komm nie wieder", sagte Jake.

„Wie sicher bin ich, dass du nicht eines Tages zurückkommst?" fragte Anya, ein wenig aufgeregt über Jakes Worte.

„Du und deine Königin habt das immer gewollt, und mein Vater. Lucindas Leben zu verlassen, wird euch alle am glücklichsten machen. Ich will in mein Zimmer gehen, und wenn ich rauskomme, will ich dich nicht hier sehen", sagte Jake, stand auf und ging in sein Zimmer.

„Ich hasse seine Frechheit. Ich wünschte, er würde gehen und nie zurückkommen", heulte Anya.

„Ich dachte, du bist gegangen? Oder bist du für mich zurückgekommen?" fragte Lucinda, als sie Amber ruhig auf der Bettkante sitzen sah.

„Du brauchst Hilfe. Warum zögerst du immer noch, ihm den Wahrheit darüber zu sagen, wer du bist? Hör auf, darüber nachzudenken, was passieren wird, wenn du es ihm schließlich sagst. Sag es ihm und erspare dir all diesen Stress", sagte Amber.

„Es ist nicht so einfach, Amber. Ich könnte ihn verlieren. Er könnte mich verlassen, oder schlimmer, er könnte Leuten sagen, wer ich bin. Ich möchte nicht, dass das, was vor Jahren passiert ist, sich wiederholt", antwortete Lucinda.

„Du willst es ihm nicht sagen, willst aber deine Freundschaft nicht verlieren. Es ist so offensichtlich, dass du etwas vor ihm verbirgst, und er hat das bereits bemerkt. Nun, sag mir, was denkst du über Jake?" fragte Amber.

„Jake ist in allen Schattierungen nett, gut und bescheiden. Er besitzt alle guten Eigenschaften, den man in einem Menschen braucht. Er ist ein guter Freund, und ich schätze unsere Freundschaft", sagte Lucinda.

„Was, wenn du schweigst und am Ende deine Freundschaft verlierst? Ich bezweifle, dass du deine Freundschaft schätzt, weil du ihm alles sagen würdest, wenn du es tust. Sprich einfach mit ihm, damit du nicht alles verlierst", sagte Amber.

„Ich werde es versuchen. Ich bin froh, dass du hier bist", sagte Lucinda, streckte den Hände aus, um Amber zu umarmen, den in dünne Luft verblasste.

Lucinda schaute sich um und rief Ambers Namen, aber es kam keine Antwort. Sie öffnete langsam den Augen und sah, dass sie geträumt hatte. „Amber hat mich in meinem Traum besucht. Ja, sie war hier. Ooh, Amber!" sagte Lucinda und lächelte.

„Lucinda, bist du in Ordnung?" fragte Maya, als sie in Lucindas Zimmer ging.

„Ja, mir geht's gut", antwortete Lucinda.

„Aber du hast vor ein paar Sekunden gelächelt, und ich bin sicher, du bist gerade aufgewacht. Warum lächelst du also?" fragte Maya.

„Amber hat mich in meinem Traum besucht. Es war schön, ihr Gesicht wieder zu sehen", antwortete Lucinda.

„Das ist schön; du solltest öfter lächeln. Wenn du mit dem fertig bist, was du hier tust, komm ins Wohnzimmer, okay?" sagte Maya, als Lucinda nickte.

Sie genoss den sanfte Brise und den Stille, als sie den Stimme hörte. Lucinda öffnete langsam den Augen und sah Jake direkt vor sich stehen.

„Du bist hier", bemerkte Lucinda mit weit geöffneten Augen.

„Ich bin gekommen, um dir zu sagen, was du wissen musst. Du verdienst es zu wissen, bevor ich gehe", sagte Jake.

„Du kannst dich wenigstens setzen. Was willst du sagen, und was meinst du mit bevor du gehst?" fragte Lucinda.

„Mach dir keine Sorgen; ich sollte stehen. Ich werde nicht viel Zeit hier verschwenden", antwortete Jake.

„Was ist das Problem, Jake? Ist alles in Ordnung?" fragte Lucinda.

„Ja, ich will dir nur den Wahrheit sagen. Du weißt, Anya hatte recht, als sie sagte, ich bin kein Mensch und..."

„Warte. Warte. Wovon sprichst du, und woher wusstest du, dass Anya das gesagt hat?" fragte Lucinda mit hochgezogenen Brauen.

„Die Wahrheit ist, ich bin kein Mensch. Ich bin ein Gott. Ich betrachte mich nicht einmal als halb-menschlich, weil ich nicht als Mensch geboren wurde. Lass mich es aufbrechen. Dieses Paar war jahrelang kinderlos, und ihr ganzes Leben lang haben sie den Sonne angebetet. Bevor meine Mutter starb, hat sie mich diesen menschlichen Eltern übergeben, weil sie sicher war, dass mein Vater sich nicht so um mich kümmern würde, wie sie es wollte. Ich bin bei ihnen aufgewachsen und dachte, ich wäre menschlich, und gerade als ich zehn war, habe ich erkannt, wer ich war und warum ich bei ihnen war. Das Leben war hier perfekt. Ich wollte nicht zurückgehen, woher ich kam. Ich blieb zurück. Aber ich besuche meinen Vater immer. Nach ein paar Jahren starben meine irdischen Eltern im Schlaf. Ich wollte nicht nach Hause zurück. Ich blieb hier, und ich war bereits daran gewöhnt, mit Menschen zusammen zu sein. Wann immer ich zu Hause besuche, fühle ich mich wie ein Fremder, weil ich kaum weiß, wer meine Leute sind. Das bin ich. Das ist der echte Jake. Deshalb sind meine Augen wie pures Gold. Anya nannte mich egoistisch, stolz und arrogant, aber ich bin nichts davon, und ich weiß sicher, dass den Geister deiner Eltern bei dir leben. Wenn du mich als Freund betrachtest, hättest du dich geöffnet und mir gesagt, wer du bist, aber ich werde dich nicht zwingen, da du stur bist und es niemandem sagen wirst. Pass gut auf dich auf, Lucinda. Richte meinen Grüßen an deine Großeltern aus", sagte Jake, drehte sich um zu gehen, aber Lucinda rief ihn zurück.

„Du sagst, du bist der Sohn der Sonne!" fragte Lucinda mit weit geöffneten Augen.

„Das habe ich bereits erklärt; pass gut auf dich auf, Lucinda.

Ich gehe", sagte Jake.

„Wohin gehst du?" fragte Lucinda.

„Ich weiß nicht, und danke für den kleinen Erinnerungen, den wir zusammen geschaffen haben." Und damit stürmte Jake brennend aus dem Ort.

Lucinda war sprachlos. Sie wusste einfach nicht, wie sie den Nachricht aufnehmen sollte, den Jake ihr gerade erzählt hatte.

„Also wusste Anya den ganze Zeit. Deshalb war sie hart zu Jake."

Lucinda erkannte sich selbst, als sie bemerkte, dass jemand sie berührt hatte. Als sie zurückschaute, sah sie, dass es Anya war.

„Du hast in letzter Zeit zu viel nachgedacht. Ich habe dich zweimal gerufen, aber es kam keine Antwort von dir", sagte Anya.

„Du wusstest, dass er der Sohn der Sonne ist, und hast es mir nicht gesagt?" fragte Lucinda.

„Ich habe versucht, dir einen Hinweis zu geben, aber du hast das nicht verstanden. Ich schätze, er hat es dir bereits gesagt. Ich habe gewartet, dass er es dir sagt", antwortete Anya.

„Aber du hättest es besser erklären sollen", sagte Lucinda.

„Es war nicht meine Aufgabe, es dir zu sagen. Jetzt, da er dir gesagt hat, wer er ist, hast du ihm gesagt, wer du bist?" fragte Anya.

„Nein, habe ich nicht. Da er der Sohn der Sonne ist, sollte er wissen, wer ich bin. Er hat monatelang über seine Identität geschwiegen", antwortete Lucinda.

„Sei nicht zu sicher, dass er weiß, wer du bist. Er ist bereits ehrlich geworden. Ich denke, du solltest dasselbe tun", sagte Anya, stand auf und verließ den Garten.

Lucinda seufzte, als sie sich mit dem Rücken auf den Stuhl lehnte, während verschiedene Gedanken durch ihren Kopf rasten. Sie konnte einfach nicht glauben, was sie gerade gehört hatte. Sie konnte akzeptieren, dass sie den ganze Zeit mit einem Gott befreundet gewesen war.

Lucinda stand an der Tür, als sie versuchte zu klopfen, aber es kam keine Antwort. Sie schaute dann zu Anya, den wegschaute.

„Wir stehen hier seit über zehn Minuten, und er öffnet den Tür nicht", sagte Lucinda.

„Das liegt daran, dass er nicht zu Hause ist."

„Woher weißt du das? Wir stehen zusammen hier", bemerkte Lucinda.

„Du bist Lucinda, und ich bin Anya. Wenn du deine Kräfte meisterst, dann kann deine Seele für ein paar Minuten deinen Körper verlassen, genau wie ich es getan habe, als ich in Jakes Wohnung gegangen bin, um zu sehen, dass er nicht da ist, und er ist seit über einer Woche nicht mehr dort gewesen", antwortete Anya, als Lucindas Gesicht sofort weiß wurde.

„Du machst Witze, oder?" sagte Lucinda, als sie zitterte.

„Welchen Teil genau denkst du, mache ich Witze darüber?" fragte Anya.

„Darüber, dass er seit über einer Woche nicht mehr an diesem Ort gewesen ist", antwortete Lucinda.

„Jake ist nicht einmal in dieser Stadt. Lass uns nach Hause gehen, Lucinda. Vielleicht ist er dorthin zurückgekehrt, woher er gekommen ist", fügte Anya hinzu.

„Das ist nicht fair. Er kann nicht einfach so gehen. Das ist nicht fair. War das der Grund, warum er sagte, er müsse mir den Wahrheit sagen, bevor er geht? Er meinte es also ernst, als er sagte, er würde gehen? Ich habe versucht herauszufinden, was er meinte, aber er war entschlossen zu gehen. Er wollte nicht einmal ein Wort zu mir sagen. Er muss nicht so gehen", sagte Lucinda, fast am Rande der Tränen.

„Lucinda, bitte nicht; nicht jetzt", flehte Anya.

„Wird er je zurückkommen?" fragte Lucinda.

„Ich habe keine Antwort darauf, Lucinda. Jake könnte oder könnte nie in diese Stadt zurückkommen. Warum auf das Beste hoffen? Du kannst immer noch das Schlimmste erwarten. Es tut mir leid", sagte Anya.

„Du hast recht. Lass uns nach Hause gehen", sagte Lucinda.

Anya hielt sie fest, als sie beide den Straße hinuntergingen. Kaum waren sie zu Hause angekommen, schloss Lucinda sich in ihrem Zimmer ein, während sie sich in ihren Tränen suhlte und sich fragte, wie sie mit der Schuld leben könnte, Jake nicht geöffnet zu haben, bevor er den Stadt verließ.

„Jetzt werde ich vielleicht nie den Chance bekommen, ihn zu sehen und ihm alles zu erzählen. Ich habe einen Freund verloren, einen guten dazu. Er war nicht wie Star. Er war den perfekte Definition eines Freundes, und jetzt ist er weg", klagte Lucinda, als Tränen über ihre Wangen liefen.

Sie fühlte, dass sie den schlimmsten Fehler aller Zeiten gemacht hatte und sich vielleicht nie verzeihen würde, Jake verloren zu haben. Jake wollte nur den Wahrheit von ihr, aber es war für Lucinda schwer zu sagen.

Es war ein Monat vergangen, seit Jake gegangen war. Lucinda war in diesen Monaten kontinuierlich aus dem Haus geschlichen, um zu sehen, ob Jake nach Hause zurückgekehrt war, aber der Ort war immer noch leer.

Lucinda versuchte, stark zu wirken, obwohl klar war, dass Jakes Verschwinden seinen Tribut forderte. Bald wurden ihre Großeltern misstrauisch, als sie kontinuierlich nach Jake fragten, aber Lucinda log ihnen vor, Jake sei gereist und würde bald zurück sein.

Niemand wusste, was los war, weil Lucinda immer versuchte, glücklich zu wirken, aber tief innen blutete und schmerzte sie. Anya wusste, was los war, aber sie konnte nichts tun.

Irgendwann wünschte sie, Jake wäre nicht gegangen. Anya dachte, Lucinda würde in Ordnung sein, aber Jakes Abwesenheit verwandelte Lucinda in etwas anderes. Anya versuchte, mit Lucinda zu sprechen, aber es fiel auf taube Ohren. Sie versuchte, Jake zu suchen, aber es war eine fruchtlose Suche.

In einer sternenklaren Nacht starrte Lucinda direkt in den Himmel, stand am Fenster, als sie spürte, dass jemand in ihr Zimmer kam.

„Ist alles in Ordnung mit dir, Kind?" fragte den Stimme.

„Ja, mir geht's gut", antwortete Lucinda.

„Du weißt, dass du immer mit mir sprechen kannst. Ich werde verstehen. Ich habe in den letzten Monaten etwas sehr Seltsames an dir bemerkt. Etwas frisst dich auf, aber du versuchst so sehr, es vor uns zu verbergen. Ich bin dein Vater. Sprich mit mir. Ich möchte diesen Schmerz mit dir teilen", sagte Phil.

„Mach dir keine Sorgen, Vater, mir geht's gut. Schließlich werde ich das unabhängig klären. Ich brauche nur ein paar Mal mehr, und ich werde wieder zu meinem üblichen Selbst zurückkehren. Vertrau mir", sagte Lucinda.

„Ich dachte, du würdest es bald überwinden, aber es ist jetzt über einen Monat her. Du musst diese Last nicht allein tragen. Ich möchte meinem Kind helfen. Sag mir, was los ist", fragte Phil.

„Mir geht's gut. Mach dir keine Sorgen um mich. Ich werde in Ordnung sein", antwortete Lucinda mit festem Blick auf den Himmel.

Phil wusste es besser. Er wusste, dass Lucinda nicht sprechen würde. Er verließ sanft das Zimmer.

Lucinda schaute in den Himmel und sagte: „Ich weiß, dass du mich hören kannst. Bitte bring Jake nach Hause. Ich verspreche, ich werde ihm alles erzählen. Sag ihm, dass es mir leid tut für alles, und ich schätze und vermisse unsere Freundschaft immer noch, wenn du ihn siehst. Das Leben hat seit seinem Weggang keinen Sinn mehr. Ich will ihn zurück. Ich weiß, dass du das für mich tun kannst. Wenn du ihn findest, sag ihm, Lucinda hat gesagt, es tut ihr leid."

Tränen liefen über ihre Wangen, aber Lucinda kümmerte sich nicht darum, sie abzuwischen, während sie schweigend in den Himmel starrte. Sie wusste, dass etwas Wertvolles in ihrem Leben fehlte, und sie musste es zurückholen.

Jake runzelte den Stirn, als der Wind den Nachricht brachte, den Lucinda in dieser Nacht gesagt hatte.

„Warum will sie mich zurück? Sie sieht mich nicht einmal als Freund. Sie will sich öffnen, weil sie mich jetzt einen Monat lang nicht gesehen hat. Ich will nicht zurückkommen. Ich sollte hier bleiben", sagte Jake.

Jake war in sein Königreich zurückgekehrt, weil er etwas Zeit brauchte, um über sich und Lucinda nachzudenken.

„Ich bin stolz auf dich, Sohn. Lucinda ist es nicht wert", sagte den Stimme, als Jake sich umdrehte und seufzte.

„Kannst du wenigstens nett zu ihr sein, Vater? Vielleicht hat sie ihre Gründe, es vor mir geheim zu halten. Sie dachte, ich wäre ein bloßer Mensch", verteidigte Jake.

„Was auch immer der Grund ist, es interessiert mich nicht. Wenn Lucinda deine Freundschaft geliebt und geschätzt hätte, hätte sie es dir schon lange gesagt, aber was hat sie getan? Sie hat es für sich behalten, was ein Zeichen von Misstrauen ist", antwortete der König.

„Vater", rief Jake.

„Ja, das ist den Wahrheit. Ich hoffe, du gehst nicht dorthin zurück? Du bist zu lange weg gewesen", sagte der König, als Jake aufstand und sagte: „Eines Tages wirst du sie mögen."

Jake ging aus dem Zimmer und ging direkt zum Gipfel des Gebäudes, starrte auf das Königreich, das aus Gold gebaut war, und fragte sich, ob er bleiben oder zur Erde zurückkehren sollte.

Kapitel Achtzehn

Lucinda schwieg

Lucinda schwieg, während sie ihre Großeltern beobachtete, ohne den Wunsch zu verspüren, etwas zu sagen, weder bejahend noch verneinend.

Sie wussten, warum sie sie fragten, ob sie in Jake verliebt sei.

Lucinda langweilte sich, allein zu Hause zu bleiben. Sie würde nicht den ganzen Tag dasitzen und auf Jake warten. Sie würde ihren Großeltern sagen, dass sie Jake besuchen würde, aber sie würde woanders anhalten und zwei Stunden verbringen, bevor sie nach Hause ging, ohne Jake schließlich zu sehen.

Greg und Maya waren glücklich über den neue Entwicklung, aber sie wollten nicht, dass Lucinda ging. Sie waren so an sie gebunden, dass sie keinen Moment des Tages ohne sie verbringen konnten. Sie wussten nicht, was vor sich ging. Sie dachten, ihre Enkelin hätte eine perfekte Beziehung zu Jake, ohne zu wissen, dass Jake schon eine Weile weg war.

„Du bist bereits zwanzig, also solltest du frei antworten können. Wir haben Jake bereits gefragt, und er hat gestanden, dass er dich sehr liebt", begann Maya an einem kühlen, windigen Abend.

„Aber das ist nicht das Problem. Das Problem ist, dass ich nicht weiß, wie ich Jake von mir und den Umständen meines Lebens erzählen soll. Wie erkläre ich ihm, dass den Geister meiner Eltern bei uns leben? Wie erkläre ich, dass ich nicht den bin, für den er mich hält, obwohl er mir bereits von sich erzählt hat? Er verdient es, den Wahrheit zu kennen. Ja, das tut er", sagte Lucinda.

„Schließe noch nicht ab. Du hast Jake noch nicht einmal erzählt, und wenn er dich nicht so akzeptieren kann, wie du bist, steht ihm den Tür weit offen zum Gehen. Aber ich kenne Jake. Ich weiß, dass er dich verstehen wird. Er ist anders, und ich spüre es. Du kannst den Wahrheit nicht weiter vor ihm verbergen. Finde Wege, mit ihm darüber zu sprechen", antwortete Greg.

„Aber warum kommt Jake nicht mehr zu Besuch? Ist alles in Ordnung?" fragte Greg.

„Genau dasselbe. Ich wollte Lucinda das fragen. Warum bist du diejenige, den ihn besucht? Warum besucht er uns nicht mehr wie früher?" fragte Maya.

„Was, wenn wir stattdessen ihn besuchen?" schlug Greg vor.

„Nein. Das wird nicht nötig sein. Macht euch keine Sorgen. Jake wird sich melden. Er wollte nur ein paar Dinge klären, und er hat sich entschuldigt. Er sagte, er würde bald besuchen", antwortete Lucinda und vermied Augenkontakt mit ihren Großeltern, als sie schnell das Thema wechselte. Sie wollte nicht, dass ihre Großeltern den Wahrheit wussten, zumindest jetzt noch nicht.

Die letzten zwei Monate waren schrecklich für Lucinda gewesen. Egal wie sehr sie es versuchte, sie konnte den Gedanken an Jake einfach nicht aus dem Kopf bekommen. Sie versuchte so sehr, stark zu wirken, aber es war offensichtlich, dass etwas anderes sie belastete.

Lucinda entschuldigte sich, als sie in den Garten hinter dem Haus ging. Sie saß einfach da, während verschiedene Gedanken durch ihren Kopf rasten.

„Ich schätze, du denkst an ihn; du vermisst ihn", kommentierte Anya, als sie sich neben Lucinda setzte.

„Wenn es ein anderes Wort gäbe, das es ersetzt, würde ich es gerne verwenden. Ich vermisse Jake sehr, und ich wünschte, er würde bald nach Hause kommen", antwortete Lucinda.

„Wirst du ihm von dir erzählen, wer du bist und deine wahre Identität?" fragte Anya.

„Ja, das werde ich. Jake hat mir bereits von sich erzählt, warum sollte ich meine Identität also wieder verbergen? Ich wünschte nur, er würde nach Hause kommen. Er muss nach Hause kommen", bekräftigte Lucinda.

„Aber was, wenn er nie nach Hause kommt?" fragte Anya.

„Er ist nicht so böse und herzlos, um dort zu bleiben wegen des kleinen Problems. Wir hatten nicht einmal viel Streit. Es war nur ein kleines Missverständnis. Anya, wenn du wüsstest, wo er ist, sag es mir. Ich will ihn suchen. Er muss nach Hause kommen. Hier gehört er hin", flehte Lucinda.

„Er ist nicht von dieser Welt. Er ist von der anderen Seite", erinnerte Anya sie.

„Ich weiß, aber das war sein erstes Zuhause, also kann er nicht einfach so gehen. Das ist immer noch sein erstes Zuhause, unabhängig davon, ob er nicht von hier ist", antwortete Lucinda.

„Vertrau mir, ich weiß nicht, wo er jetzt ist, aber während wir auf das Beste hoffen, lass uns auch auf das Schlimmste hoffen. Er könnte hierher zurückkommen, und vielleicht kommt er nie zurück. Was auch immer passiert, du solltest es akzeptieren. Und wann wirst du deinen Großeltern den Wahrheit sagen? Du kannst nicht einfach weiter lügen. Du kannst nicht weiter das Haus verlassen unter dem Vorwand, Jake zu besuchen, wenn er seit einem Monat weg ist. Wie lange denkst du, kannst du das durchhalten?" fragte Anya.

„Ich weiß nicht. Das ist den Wahrheit, Anya. Ich weiß nicht, wie lange ich das durchhalten kann, aber ich kann ihnen immer noch nicht sagen, dass Jake jetzt seit Monaten weg ist. Ich wünschte nur, er wäre gnädig genug, mir eine Chance zu geben, mich zu erklären", sagte Lucinda.

„Okay, bis dahin. Lass uns hoffnungsvoll sein", antwortete Anya, stand auf und verließ den Garten.

Lucinda wischte schnell den Tränen aus ihren Augen, da sie nicht wollte, dass jemand sie weinen sah.

„Das erste Mal, dass ich mich so gefühlt habe, war, als meine Eltern starben. Jetzt fühle ich dasselbe wieder. Ich hoffe, du wirst gnädig genug sein, bald nach Hause zu kommen", sagte Lucinda zu sich selbst, stand auf und ging hinein.

Sie kam in ihr Zimmer und holte den Muschel heraus, strich mit den Händen darüber.

„Ich weiß nicht, ob das wieder funktionieren wird, weil ich dich bitte, jemanden zurückzubringen, der nicht gewöhnlich ist. Bitte sag Jake, er soll nach Hause kommen. Ich weiß, dass du meine Nachricht irgendwie zu ihm bringen kannst. Sag ihm, er soll nach Hause kommen, dass ich ihm alles erzählen werde, was er wissen muss, dass das Leben seit seinem Weggang nicht mehr dasselbe ist. Sag Jake, dass ich kalt und elend bin", flehte Lucinda. Sie stellte dann den Muschel nah an ihr Bett und legte sich hin, schlief ein.

Am nächsten Morgen wurde Lucinda unruhig. Sie berührte kaum ihr Frühstück. Ihre Großeltern und Eltern versuchten herauszufinden, was mit ihr los war, aber sie wies das Thema ab, bevor sie es ansprachen.

„Wohin gehst du?" fragte Greg, als er Lucinda den Tür öffnen sah.

„Ich gehe den Straße hinunter, um jemanden zu besuchen", antwortete Lucinda.

„Das Wetter ist nicht gut. Es wird jeden Moment regnen. Du solltest zu Hause bleiben", antwortete Greg.

„Macht nichts. Mir geht's gut. Macht euch keine Sorgen um mich. Ich bin bald zu Hause", antwortete Lucinda.

„Ist es Jake?" fragte Greg.

„Nein", antwortete Lucinda, als sie schnell das Haus verließ, um weitere Fragen ihres Großvaters zu vermeiden.

„Wer war das?" fragte Maya, sobald sie herauskam.

„Oh, es ist Lucinda. Sie sagte, sie geht aus", antwortete Greg.

„Es wird jeden Moment regnen. Ich weiß, Jake wird sie sicher nach Hause bringen", fügte Maya hinzu.

„Sie sagte, sie geht nicht zu Jake", fragte Maya nach.

„Dann wer? Sie kennt hier kaum jemanden sonst. Die einzigen Freunde, den sie hat, sind nur Anya und Jake. Wen will sie also besuchen?"

„Wenn sie nach Hause kommt, fragst du sie das", antwortete Greg, als er sich auf den Schaukelstuhl setzte.

Es regnete bereits leicht, als Lucinda zu Jakes Haus kam. Sie setzte sich auf den Veranda und richtete ihre Aufmerksamkeit auf den Himmel. Es goss in Strömen, aber Lucinda saß still, während der Regen auf sie niederprasselte. Für sie fragte sie sich nach dem Sinn, nach Hause zu gehen. Sie brauchte den Regen, um diesen Schmerz zu heilen.

„Du wirst dich erkälten", sagte eine vertraute Stimme, als Lucinda sich umdrehte und Jake an der Tür stehen sah.

Lucinda stand hastig auf, rannte und umarmte ihn fest.

„Wohin bist du gegangen? Ich habe nach dir gesucht. Ich komme jeden Tag zu diesem Haus und setze mich immer hierher, warte darauf, dass du den Straße herunterkommst. Ich habe immer auf der Straße nach dir Ausschau gehalten, in der Hoffnung, dass du nach Hause kommst, aber du hast es nie getan. Bitte geh nie wieder weg", sagte Lucinda weinend.

Jake wischte den Tränen aus ihrem Gesicht, schaute sie an und sagte: „Ich gehe nie wieder weg. Ich werde immer bei dir sein."

Jake half ihr hinein und holte sein Handtuch heraus, damit Lucinda ihren Körper und ihre Haare trocknen konnte.

„Du weißt, dass du nicht dort sitzen solltest. Es regnet stark. Du könntest dich erkälten", sagte Jake.

„Ich sitze immer dort", sagte Lucinda und zeigte auf ihren Sitzplatz draußen vor Jakes Haus. „So kann ich den Leute auf der Straße sehen. Ich hatte gehofft, dich zu sehen, wenn du nach Hause kommst. Ich bin froh, dass du endlich zu Hause bist. Danke, dass du zurückgekommen bist", antwortete Lucinda.

„Ich bin glücklich, wieder zu Hause zu sein. Ich habe alles hier vermisst. Noch mehr habe ich dich vermisst", sagte Jake.

„Versprich, dass du nie wieder gehst", flehte Lucinda.

„Ich verspreche es. Das ist immer noch mein Zuhause, also gehe ich nicht bald weg", antwortete Jake. Lucinda lächelte, als sie das Handtuch um ihren Körper wickelte, nachdem sie das gehört hatte.

„Ich habe Anya gesagt, dass ich, wenn du zurückkommst, meine Identität nicht vor dir verbergen würde. Abgesehen davon, dass ich das Mädchen bin, das vor einem Jahrzehnt seine Eltern verloren hat, bin ich genau wie du, halb Mensch, halb Gott. Ich wurde von Menschen geboren, obwohl ich nicht sagen werde, dass meine Mom ein voller Mensch ist. Sie ist genauso wie ich, aber sie wusste es nicht, bis sie starb. Sie kommt buchstäblich vom Mond und den Sternen. Ich bin Lucinda, den Tochter des Mondes und der Sterne, den Thronerbin. Anya ist kein Mensch. Ich schätze, das weißt du bereits. Ich wollte es niemandem sagen, weil ich nicht wollte, dass das, was vor Jahren passiert ist, sich wiederholt.

Alles über mich wurde geheim gehalten. Ich besitze Kräfte jenseits der menschlichen Vorstellung, Kräfte, den ich nicht einmal kontrollieren kann. Ich würde nicht sagen, dass ich Glück habe, denn all das mit sich zu bringen, kommt mit Herausforderungen, glücklichen und traurigen Zeiten.

Das ist Lucinda. Das ist alles über mich. Ich weiß, ich hätte es dir früher sagen sollen, aber ich war nicht sicher, ob du bleiben würdest oder nicht, nachdem du das gehört hast. Ich hatte Angst, dass du mich verlassen könntest, wenn ich es dir sage. Das war der Grund, warum ich es zurückgehalten habe, nicht dass ich dir nicht vertraue. Ich habe nur versucht, mich selbst zu schützen", erklärte Lucinda.

„Danke, dass du es mir gesagt hast. Ich habe darüber nachgedacht, zurückzukommen oder zu bleiben, aber ich fühlte, dass wir alle eine zweite Chance verdienen. Ich habe erkannt, was in deinem früheren Leben passiert ist, wie du getötet wurdest. Ich wusste alles, sogar bevor du es mir gesagt hast. Ich wollte nur, dass du es mir selbst sagst. Ich wollte, dass du mir genug vertraust, um dich mir über deine Identität anzuvertrauen", antwortete Jake.

„Dann warum bist du gegangen? Warum bist du nicht geblieben?" fragte Lucinda.

„Weil ich eine klaffende Brücke reparieren wollte. Ich bin es leid, sie im Krieg zu sehen. Ich will, dass sie Frieden miteinander schließen, und ich bin gegangen, weil ich dir Zeit geben wollte, über uns nachzudenken", antwortete Jake.

„Krieg? Von wem sprichst du?" fragte Lucinda, überrascht, das zum ersten Mal zu hören.

„Deine Mutter und mein Vater, der Gott und den Göttin. Sie sind Feinde. Das Schicksal hat uns beiden zugewiesen, zusammen zu sein, aber ich denke immer noch, ob unsere Verbindung sie wieder zu Freunden machen wird. Leider bin ich gescheitert, als ich nach Hause ging; sie verabscheuen sich gegenseitig", antwortete Jake.

„Schicksal? Bist du derjenige, den das Schicksal mir zugewiesen hat, zu heiraten?" fragte Lucinda.

„Ich schätze, Anya oder deine Mom haben dir das nicht gesagt. Ich habe es herausgefunden, und ich musste dich treffen. Vielleicht, wenn ich es nicht herausgefunden hätte, hätte keiner von ihnen mit uns darüber gesprochen", antwortete Jake.

„Ich sehe. Jetzt ergibt es mehr Sinn. Wir werden später darüber sprechen", sagte Lucinda.

„Warum? Hast du Angst vor dem Heiraten?" fragte Jake.

„Ich habe keine Angst vor dem Heiraten. Ich will nur, dass du mit mir nach Hause kommst. Meine Großeltern haben nach dir gefragt. Ich brauche, dass sie dich heute wenigstens sehen. Ich habe ihnen monatelang vorgelogen. Ich würde das Haus verlassen und ihnen sagen, ich komme, dich zu besuchen. Sie haben mich gefragt, warum ich nicht besucht habe, und ich sage ihnen immer bald. Also, bitte lass uns sie besuchen; wenigstens werde ich glücklich sein, dieses Lächeln auf ihren Gesichtern zu sehen", flehte Lucinda.

„Darf ich deine Eltern Mom und Dad nennen?" fragte Jake.

„Klar, das kannst du", antwortete Lucinda, als Greg und Maya sie ansahen.

„Was geht hier vor?" fragte Greg.

„Kann er uns sehen?" fragte Phil.

„Ja, ich kann euch beide sehen. Ich bin genau wie eure Tochter", antwortete Jake.

„Lucinda, was hast du getan?" fragte Annalise verwirrt.

„Ich habe nichts getan. Die Wahrheit ist, Jake ist wie ich", antwortete Lucinda.

„Wie meinst du das?" fragte Maya.

„Ich bin genau wie sie. Sie ist vom Mond und den Sternen, und ich bin der Sohn der Sonne. Ich wusste, wer sie war, sogar bevor wir Freunde wurden, und ich habe euren Geist jedes Mal gesehen, wenn ich besucht habe, aber ich konnte nicht darüber sprechen. Ich bin genau wie eure Tochter, und ich möchte als Jake gesehen werden", antwortete Jake.

„Wow! Das ist schwer zu glauben", sagte Greg.

„Ich dachte, du wärst menschlich wie wir", fügte Maya hinzu.

„Ich bin immer noch menschlich. Ich wurde von irdischen Eltern geboren", antwortete Jake.

„Dad, Mom, Opa und Oma, ich muss euch etwas sagen: Jake und ich sind Seelenverwandte", sagte Lucinda.

„Ich verstehe das nicht", sagte Maya.

„Das bedeutet, sie sind Mann und Frau, mehr wie dazu bestimmt, miteinander zu enden", schrie Anya heraus, als sie aus dem Zimmer kam.

„Lucinda, macht sie Witze oder ist es ernst?" fragte Phil.

„Ich weiß, Lucinda hat eine bessere Erklärung", fügte Annalise hinzu.

„Du sagst nichts?" sagte Maya und schaute Lucinda an.

„Ihr alle solltet euch beruhigen und sie erklären lassen. Jake ist ein guter Mann, und Lucinda ist in perfekten Händen, wenn sie sich entscheiden, zusammenzubleiben. Also lasst sie sprechen", sagte Greg.

„Die Wahrheit ist, dass sogar bevor wir geboren wurden, es vorherbestimmt war, dass wir miteinander enden werden. Unsere Eltern haben uns kein Wort gesagt wegen ihrer Feindseligkeit. Ich habe den Wahrheit erfahren, und ich musste Lucinda suchen, und glücklicherweise war sie in derselben Stadt wie ich.

Unsere Geister haben sich sofort ausgerichtet. Wir haben uns an diesem Tag getroffen. Das Schicksal will es, dass unsere Ehe den zwei Welten wiedervereint, und ich weiß, dass das wahr ist. Abgesehen von der Prophezeiung, den von uns spricht, selbst wenn das Schicksal nichts gesagt hätte, wäre ich immer noch mit Lucinda geendet. Ich liebe sie. Das Leben ergibt für mich Sinn mit ihr. Ich möchte nicht wegwerfen, was wir haben", erklärte Jake.

„Und sie müssen heiraten, bevor Lucinda 21 wird. Ihr beide heiratet bald", warf Anya ein.

„Du wusstest das alles?" fragte Lucinda überrascht über Anyas Worte.

„Ja, aber es war nicht meine Macht, mit dir darüber zu sprechen. Jetzt, da du es weißt, lass mich dir den Wahrheit sagen, den du wissen musst. Ihr müsst vor dem nächsten Vollmond heiraten", antwortete Anya, als sie ins Zimmer ging.

„Ich dachte, sie würde noch ein paar Jahre bei uns bleiben", stammelte Maya.

„Genau dasselbe. Es ist so bald. Lucinda kann uns jetzt nicht verlassen", protestierte Greg halb.

„Selbst wenn ich Jake heirate, ist sein Haus nur einen Steinwurf entfernt. Das ist mein Zuhause. Ich werde immer besuchen. Meine Familie lebt hier, und ich komme von hier. Ich kann das Zuhause nicht vergessen", versicherte Lucinda.

„Meine Tochter ist erwachsen. Ich dachte, du wärst dieselbe Lucinda, den wir vor zehn Jahren verlassen haben", fügte Phil hinzu.

„Ich wünschte, du würdest noch ein paar Jahre bleiben; ich wünsche es einfach", sagte Annalise.

„Das ist Zuhause. Ich werde immer noch vorbeikommen. Ihr alle bringt mich zum Weinen. Niemand nimmt mein Zimmer. Selbst wenn ich morgen Jakes Frau werde, bin ich immer noch eure Tochter, und ich bin immer noch eure Enkelin", sagte Lucinda mit tränenreicher Stimme, als Maya aufstand und sie fest umarmte.

„Ich weiß, sie wird bei dir sicher sein", sagte Phil.

„Ich schwöre bei meinem Thron. Nichts wird Lucinda verletzen", antwortete Jake.

Sie hatten eine kleine Hochzeit streng um 12:30 Uhr nachts, wonach Lucinda ihre Eltern Annalise und Phil umarmen wollte, bevor sie zu Jakes Haus ging. Maya und Greg waren glücklich, aber den Tränen ließen sie kein Wort sagen. Sie wussten, dass Lucinda gehen würde, aber sie dachten nicht, dass es so bald sein würde. Maya und Annalise umarmten Lucinda fest nach den Ehegelübden.

„Bitte komm bis zum Morgen zurück. Wir wollen mit dir und Jake frühstücken", flehte Maya.

„Bitte, Lucinda, sag nicht nein", fügte Annalise hinzu.

„Ich werde hier sein; ich verspreche es", sagte Lucinda.

„Oder wir verbringen den verbleibenden Tage hier. Wenn wir morgen früh besuchen, gehen wir nicht bis nächste Woche", warf Jake ein.

„Das ist eine gute Idee", sagte Greg.

„Vielen Dank. Ich liebe euch und Jake. Ich weiß, dass ihr beide alles genießen werdet, was das Leben uns verweigert hat", betete Phil.

Lucinda lächelte, als sie ihren Vater umarmte. Sie umarmte abwechselnd seine Familie. Als sie an Anyas Reihe kam, sagte sie: „Du weißt, wo du mich findest. Du wirst immer besuchen, oder?"

„Du weißt, dass ich es werde. Du bist meine Aufgabe hier auf der Erde", lächelte Anya, als sie Lucinda fest umarmte.

Lucinda hielt ihren Mann, als sie beide allen Lebewohl sagten, bevor sie aus dem Haus verschwanden.

Sie erschienen in Jakes Haus, als Jake den Tränen aus Lucindas Gesicht wischte. Es war offensichtlich, dass sie ihre Familie bereits vermisste. Es war bereits spät. Sie mussten direkt ins Bett gehen.

Lucinda lag auf dem Bett, als sie Jake durch das Buch der Prophezeiung blättern sah.

„Wie lange hast du das schon?" fragte Jake.

„Eine Weile. Es kam zur richtigen Zeit", antwortete Lucinda.

„Deine Großeltern sind super aufgeregt, dass wir das gekauft haben. Sie sind so an dich gewöhnt. Irgendwann dachte ich, sie würden dich nicht heiraten lassen, aber ich bin froh, dass es jetzt vorbei ist. Wir sind Paare, und wir leben immer noch in der Nähe von ihnen", sagte Jake.

„Ja, ich wünschte, Amber wäre auch hier. Ich wünschte, sie wäre da, um all das mitzuerleben. Ich kann immer noch nicht glauben, dass sie weg ist", sagte Lucinda.

„Ich habe dieses starke Gefühl, dass sie bald nach Hause kommen wird. Sie ist nicht wie du, und sie ist auch nicht wie Anya. Ihre Zeit hier auf der Erde war begrenzt. Sie kam für einen Zweck, und dieser Zweck warst du, und sie ist damit fertig. Du musst jeden Tag mit einem Lächeln im Gesicht leben, wissend, dass sie eines Tages zurückkommen wird", antwortete Jake.

„Danke", sagte Lucinda lächelnd.

Jake stand auf, als er das Buch der Prophezeiung auf das Regal stellte. Er kam dann zurück und legte sich nah zu Lucinda.

„Die Welt hat unsere Ehe sogar vor unserer Geburt verordnet. Wir werden ein perfektes Paar machen und den Lücke zwischen Mond und Sonne überbrücken", sagte Jake.

„Ich hoffe, wir brechen den Feindschaft zwischen diesen beiden", sagte Lucinda.

„Denkst du, unser Abenteuer hier auf der Erde ist vorbei?" fragte Lucinda.

„Ich weiß nicht, aber den Wahrheit ist, ich denke nicht, dass es vorbei ist. Wir sind keine Sterblichen, also werden definitiv Probleme kommen, den wir lösen müssen. Wir wurden absichtlich in diese Welt gestellt, aber ich weiß, was auch immer kommen wird, wird nicht größer sein als wir", antwortete Jake.

„Danke, dass du zurückgekommen bist", sagte Lucinda lächelnd.

„Ich kann dir nicht lange böse sein. Ich liebe und schätze, was wir haben", antwortete Jake.

Kapitel Neunzehn

Lucinda, komm und sieh dir das an

„Lucinda, komm und sieh dir das an", rief Jake Lucinda zu, den schnell den Tasche fallen ließ, den sie hielt. Jake reichte ihr das Buch der Prophezeiung und zeigte ihr eine Seite mit einem leuchtenden Bild.

„War das den ganze Zeit hier?" fragte Lucinda überrascht.

„Nein, das Buch hat plötzlich von allein geleuchtet, was mich dazu brachte, es aufzunehmen, und dann sah ich eine neue Nachricht erscheinen", antwortete Jake.

„Das ist gewaltig. Ich weiß nicht einmal, ob ich bereit bin, diesen Stress noch einmal durchzumachen. Unsere Ehe ist erst fünf Monate alt. Ich will nicht damit beauftragt werden", antwortete Lucinda traurig.

„Ich verstehe, wenn du das nicht durchmachen willst, aber es wird Spaß machen, das mit dir zu tun, den Welt zusammen zu retten", antwortete Jake.

„Dieses Monster; ich kann einfach nicht damit umgehen… aber warte, etwas sieht hier vertraut aus", sagte Lucinda, als sie mit den Händen über das Buch strich.

„Der Mann trägt das Bild eines Sterns", beobachtete Lucinda.

„Bist du ihm schon einmal begegnet?" fragte Jake.

„Nein, aber etwas scheint seltsam. Ich versuche, meine Hand darauf zu legen. Den Stern auf dem Körper zu sehen, warum kann ich dieses einfache Rätsel nicht lösen?" rief Lucinda.

„Du musst es ruhig angehen. Setz dich und denk nach. Dadurch könntest du das Rätsel lösen", antwortete Jake, als Lucinda seufzte und sich auf den Stuhl setzte.

„Das Mal auf dem Körper sieht vertraut aus. Ich versuche, mich an etwas zu erinnern", sagte Lucinda.

„Du meinst den Stern?" fragte Jake.

„Ja, den Stern", antwortete Lucinda.

„Okay, ich weiß, du wirst dich früher oder später erinnern, aber mach dir keine Sorgen. Du musst dich nicht deswegen umbringen. Das Hauptproblem ist, wie wir ihn aus dem Bild entfernen und in das Jenseits schicken, damit er den Welt nie wieder belästigen kann", antwortete Jake.

„Warum können sie nicht einfach aufhören? Warum kommen sie immer wieder? Und warum müssen wir diejenigen sein, den den Welt schützen und unser Leben aufs Spiel setzen?" fragte Lucinda.

„Wir sind Götter. Wir sind besonders und aus einem Grund hierher geschickt. Dämonen fühlen, dass sie zu lange im Schatten der Menschen gelebt haben. Da Menschen keine Kräfte haben, sollten sie nicht bleiben und den Erde beherrschen dürfen. Hoffentlich wird den Welt und das Jenseits eines Tages von allen Dämonen befreit sein", antwortete Jake.

„Ich hoffe es einfach", antwortete Lucinda, stand auf und ging ins Zimmer.

Jake nahm das Buch und las den Inhalt des „Buchs der Prophezeiung".

Lucinda ging ins Schlafzimmer und sah Anya nah am Fenster stehen.

„Anya, du bist hier", sagte Lucinda, als sie sie schnell umarmte.

„Sagar ist draußen. Ich schätze, er ist gekommen, um zu sehen, ob er den Dinge vollenden kann, den andere Dämonen nicht konnten", sagte Anya.

„Meinst du den Dämon, der im Buch der Prophezeiung erschienen ist?" fragte Lucinda.

„Ja."

„Warte. Woher wusstest du das?" fragte Lucinda.

„Lucinda, ich bin ein Geist. Ich habe Jahrhunderte gelebt, also spüre ich, wann immer das Böse lauert. Ich bin auch ein Biest, also spüre ich, wenn Dämonen in der Nähe sind", antwortete Anya.

„Das stimmt. Ich habe es fast vergessen. Ich gewöhne mich schon daran, dich als Mensch zu sehen, dass ich vergessen habe, wer du bist", sagte Lucinda, als sie sich auf das Bett setzte.

„Ich habe einfach Angst. Ich bin auch wütend", sagte Anya, immer noch an der Wand lehnend.

„Gibt es ein Problem? Du weißt, du kannst immer mit mir reden", sagte Lucinda.

„Natürlich, es geht um Asgard.

Ich kann bei diesem nicht mit dir gehen. Ich bin wütend, dass ich nicht Teil einiger deiner Abenteuer zur Rettung der Menschheit sein werde. Ich habe Angst, dass dir etwas Schlimmes passieren könnte. Ich habe Angst, dass Asgard versuchen könnte, dir wehzutun", sagte Anya.

„Du bist ein Biest. Du solltest keine Angst haben. Solche Dinge sollten dich nicht belasten, aber warum kannst du nicht mit mir gehen? Gibt es einen Grund dafür? Irgendwelche Einschränkungen? Du weißt, ich kann mit der Königin sprechen, und sie wird dich erlauben", sagte Lucinda.

„Nein, den Regeln wurden schon gemacht, bevor deine Mutter zu regieren begann. Da du jetzt verheiratet bist, wirst du und dein Mann jedes Abenteuer unternehmen. Nur in seltenen Fällen werde ich erlaubt, mit dir zu gehen. Ich bin einfach angespannt. Ich will nicht, dass dir etwas passiert. Ich weiß, du bist eine Göttin, aber Lucinda, dieser Teil von dir ist immer noch menschlich", stöhnte Anya.

„Ja, du hast recht. Dieser Teil von mir ist immer noch menschlich. Ich habe Emotionen, um anzufangen. Wenn ich den Regeln ändern könnte, weißt du, dass ich es tun würde, aber ich brauche dich, etwas für mich zu tun, wenn ich mit Jake weg bin", fragte Lucinda.

„Du weißt, du musst nicht fragen. Sag mir einfach, was du willst, und ich tue es sofort", sagte Anya.

„Schütze meine Eltern und meine Großeltern, und lass sie nichts von diesem Abenteuer wissen, das wir unternehmen werden. Ich komme vorbei, bevor wir gehen, aber was auch passiert, schütze sie alle und meine Pferde. Bitte kümmere dich gut um sie. Sie sind immer noch meine Familie", flehte Lucinda.

„Sie sind auch meine Familie. Ich werde sie mit dem letzten Tropfen meines Blutes schützen. Das ist ein Versprechen", antwortete Anya.

„Vielen Dank, Anya. Ich weiß nicht, was ich ohne dich getan hätte. Danke, dass du all diese Jahre bei mir gestanden hast, aber ich flehe immer noch. Bitte verschwinde nicht wieder von mir. Ich will nicht eines Morgens aufwachen und nach dir suchen", flehte Lucinda.

„Nein, ich werde nicht von dir verschwinden. Ich bin hier, um zu bleiben, solange du mich bleiben lassen willst", antwortete Anya.

„Vielen Dank", sagte Lucinda, stand auf und umarmte Anya fest.

„Grüße Jake von mir", sagte Anya, als sie Lucinda goodbye sagte, bevor sie verschwand.

Lucinda nahm den Muschel, als sie sich auf das Bett setzte. Dann flog den Tür auf, als Jake hereinkam.

„Anya hier?" fragte Jake, als er das Buch der Prophezeiung auf das Regal stellte.

„Woher wusstest du das?" fragte Lucinda lächelnd.

„Ich bin ein Gott. Ich kann alles spüren und fühlen. Ich schätze, sie war hier, um dir zu sagen, dass sie nicht mit dir gehen wird", sagte Jake, als er sich neben Lucinda setzte.

„Jake!" rief Lucinda mit weit geöffneten Augen.

„Anya ist ein Biest. Sie spürt, wenn Dämonen kommen. Ich weiß nicht, wie es sich anfühlt, eines Morgens aufzuwachen und zu hören, dass du Dinge nicht mit jemandem tun kannst, mit dem du immer Dinge getan hast. Ich wünschte, dass sich einige Regeln irgendwie ändern würden", sagte Jake.

„Du weißt mehr als ich. Ich werde einige Regeln ändern, wenn ich in diese Position komme", antwortete Lucinda.

„Deine Herrschaft kommt mit neuen Dingen, schätze ich", sagte Jake.

„Genau", antwortete Lucinda lächelnd.

„Wir werden meine Eltern und Großeltern besuchen, aber wir erzählen ihnen nichts von diesem Abenteuer. Wir sagen ihnen nur, dass wir auf eine Reise gehen. Ich will nicht, dass sie sich über etwas aufregen. Wir müssen für sie zurückkommen", sagte Lucinda und verriet ein schiefes Lächeln.

„Ich werde dafür sorgen. Wir kommen zurück. Das ist ein Versprechen", versicherte Jake.

„Ich weiß, ich habe den besten Ehemann der ganzen Welt. Ich bin glücklich, mit dir geendet zu haben", sagte Lucinda.

„Ich könnte dem Universum nicht mehr danken, dass es uns zu Gefährten gemacht hat", sagte Jake, als er Lucinda langsam umarmte.

Jake und Lucinda kamen zur Tür und klopften.

„Sie werden glücklich sein, uns zu sehen", sagte Jake.

„Und auch wütend auf mich, dass ich eine Weile nicht besucht habe", antwortete Lucinda.

Die Tür öffnete sich und enthüllte Anya, den dort stand und Lucinda umarmte.

„Du hast mir nicht gesagt, dass du hierherkommst. Ich war vor ein paar Tagen bei dir", sagte Anya.

„Wer ist an der Tür?" fragte Maya und kam zum Eingang, um selbst nachzusehen.

Sobald sie Lucinda sah, schrie sie und umarmte sie, wonach sie alle hineingingen und sich setzten, während Maya an ihrer Enkelin klebte.

„Ich habe mein Baby vermisst", sagte Maya.

„Ich bin erwachsen, Oma", sagte Lucinda lächelnd.

„Und unser Baby, das wirst du immer sein", sagte Greg lächelnd, als er Jake umarmte.

„Ich bin glücklich, dass ihr beide heute zu Besuch gekommen seid", sagte Maya.

„Ja, wir sind gekommen, um zu sehen, wie es euch geht, aber wo sind meine Eltern?" fragte Lucinda und schaute sich um.

„Oh, sie sind im Moment nicht hier, aber ich denke, sie werden bald zurück sein", antwortete Greg.

„Jake, du machst einen wunderbaren Job, unser Mädchen zu versorgen", sagte Maya.

„Wenn ich mich nicht um sie kümmere, hätte ich versagt", antwortete Jake lächelnd.

„Oma und Opa, ich möchte mit euch über etwas Wichtiges sprechen", sagte Lucinda.

„Gibt es ein Problem?" fragte Maya.

„Du weißt, wir werden immer alles für euch beide tun", fügte Greg hinzu.

„Wir wollen für nur eine Woche auf eine Reise gehen, und wir kommen nach Hause", antwortete Lucinda langsam.

„Es ist wichtig; ihr müsst sie gehen lassen", fügte Anya hinzu.

Maya und Greg schauten sich an und nickten, aber Traurigkeit stand auf ihren Gesichtern geschrieben. Obwohl sie nicht mehr zusammen lebten, fühlten sie diese Unruhe, wann immer sie von Lucinda getrennt werden sollten, sogar für einen Moment.

„Ich verspreche es. Wir verbringen eine Woche hier, sobald wir zurück sind", fügte Jake hinzu.

„Ist das ein Versprechen?" fragte Maya.

„Ja, es ist ein Versprechen", sagte Lucinda lächelnd, als sie Maya umarmte.

Jake und Greg standen auf und verließen das Wohnzimmer in den Garten.

Die riesige Gestalt öffnete ihre Augen und enthüllte ihre purpurnen Augen, lächelte, als sie näher zum Spiegel ging, um ihn zu berühren.

„Du weißt, sie könnten dich töten. Du solltest einfach gehen", sagte einer der Dämonen.

„Ja, sie könnten mich töten, aber das ist nicht sicher. Wie lange werden sie mächtig genug bleiben, um alle Dämonen in dieser Welt auszulöschen? Nach mir wird ein anderer kommen, und mehr werden noch kommen."

„Also denkst du, sie werden aufgeben und den Welt dir überlassen?" fragte der andere Dämon.

„Sie müssen, Elyon. Sie müssen. Diese Welt ist unsere. Sie war immer unsere. Menschen können nicht herauskommen und übernehmen", schrie Asgard.

„Vielleicht hättest du dich jetzt nicht enthüllen sollen. Diese Tricks bringen dich nicht weit. Sie werden dich trotzdem besiegen", sagte Elyon.

„Und wenn sie das tun, solltet ihr alle nicht aufhören zu kämpfen. Irgendwie wird den Welt unsere werden. Jemand in unserer Mitte muss uns stolz machen", antwortete Asgard.

„Okay, dein Wunsch ist unser Befehl", sagte Elyon, verbeugte sich und verließ den Ort.

Asgard berührte den Spiegel und lächelte, als Lucinda und Jake im Spiegel erschienen.

„Oh, es scheint, sie kommen schon, was es einfacher macht. Ich muss nicht von hier weg. Sie werden zu mir kommen", sagte Asgard lächelnd.

„Ich hoffe, ihr habt euch endgültig von den Menschen verabschiedet, den euch viel bedeuten. Selbst wenn ich euch beide heute nicht erledige, wird es jemand anderes tun. Diese Welt ist unsere. Es ist nur eine Frage der Zeit, bis der Hausbesitzer nach Hause kommt. Ich muss meine Rache haben", sagte Asgard und ballte den Faust. Als Nächstes schrie er laut, was Elyon zurückkehren ließ.

„Du hast gerufen?" sagte Elyon.

„Erledigt sie. Versteckt sie weit weg, wo sie nicht gesehen werden können. Ihr alle müsst jetzt gehen", befahl Asgard.

„Und was ist mit dir?" fragte Elyon.

„Ich werde in Ordnung sein", antwortete Asgard.

„Du weißt, das ist nicht wahr. Du brauchst uns genauso wie wir dich. Was wird mit dir passieren? Du kannst das nicht allein kämpfen. Besser noch, lass uns sie in Ruhe lassen. Wir sind okay, wo wir sind. Egal wie sehr wir es versuchen, wir werden diesen Kampf nicht gewinnen. Star hat es nicht gewonnen, und—"

„Wage es nicht, so über meine Mutter zu sprechen", schrie Asgard und unterbrach Elyon.

„Sie war im Winterschlaf, was es ihnen leichter machte, sie zu töten", fügte Asgard hinzu.

„Dann wie viele mehr werden wir verlieren, indem wir um eine verlorene Schlacht kämpfen?" Asgard schaute sich um. „Wir sind hier okay. Lucinda und Jake sind vereint, was es zehnmal schwieriger macht, ihnen wehzutun. Sie wurden aus einem Grund zur Erde geschickt. Sie besitzen Kräfte, von denen sie nicht einmal wissen, größer als unsere. Sie sind besonders", konterte Elyon.

„Sie sind nicht besonders. Wir sind es. Sie sind Götter. Das bedeutet nicht, dass sie nicht getötet werden können", schrie Asgard.

„Wir sind auch besonders, aber den Wahrheit wurde gesagt. Wir können sie nicht töten. Sie können nur sich selbst töten", antwortete Elyon.

„Ich will nichts anderes hören. Geht jetzt", befahl Asgard, aber Elyon wollte nichts davon hören.

„Asgard, wir können friedlich mit ihnen leben. Wir können diesen Krieg stoppen und all das beenden. Krieg zu schaffen, wo keiner ist, bedeutet, dass wir unsere Bleibe nur dafür verlieren. Warum bist du so verzweifelt?" fragte Elyon, als Asgard ihm eine Ohrfeige gab.

„Geht. Nehmt sie weg von hier. Wenn ich nicht zurückkomme, macht ein Zuhause dort und bildet jemand anderen aus. Dieser Kampf muss weitergehen. Wir müssen einlösen, was unser ist", schrie Asgard.

Elyon verbeugte sich und verließ schnell den Ort. Asgard legte seine Hände auf das Metall, das auf dem Boden lag, murmelte einige seltsame Worte, was das Metall zu Staub auflöste.

Asgard zog seine Stärke aus dem Metall. Er brauchte Metall, um am Leben und stark zu bleiben.

„Ich kämpfe keine verlorene Schlacht. Mutter braucht ihre Rache. Sie haben lange geherrscht, aber jetzt ist den Zeit für Dämonen, überzunehmen. Wir können nicht weiter im Schatten der Menschen leben. Es ist jetzt oder nie", flüsterte Asgard, als er sofort verschwand.

Lucinda und Jake traten aus dem Blitzportal und schauten sich um, wo sie waren.

„Dieser Ort sieht verlassen aus", sagte Jake.

„Ich weiß, und ich spüre diese Negativität, den hier schwebt", sagte Lucinda.

„Lass uns gehen. Ich glaube, was wir suchen, ist irgendwo hier in der Nähe", sagte Jake, als Lucinda nickte und sie beide weggingen.

„Ich denke, wir müssen näher an diese Säulen herankommen. Etwas lauert dort", sagte Lucinda, als Jake zustimmte.

Asgard lächelte, als er Lucinda und Jake näherkommen sah.

„Ihr habt nicht auf mich gewartet. Stattdessen seid ihr gekommen, um mich zu suchen", sagte Asgard lachend.

„Also sollten wir warten, bis du den Welt ruinierst, bevor wir dich stoppen? Das können wir nicht. Was willst du? Du weißt, du kannst gehen, und wir werden dir nicht wehtun", fügte Jake hinzu.

„Mir wehtun? Ich bin nicht schwach wie meine Mutter. Ich habe geduldig auf diesen Tag gewartet. Jetzt werde ich meine Rache haben. Es tut mir leid, dass du nicht nur deine Frau verlieren wirst; du wirst auch dein ungeborenes Kind verlieren", sagte Asgard, als er sich zu seiner vollen Länge aufrichtete.

Lucinda berührte ihren Bauch, als sie Jake ansah.

„Geh von hier; geh", flüsterte Jake.

Hätte Jake gewusst, dass Lucinda schwanger war, wäre er nicht mit ihr auf diese Reise gegangen.

„Nein, ich kann dich nicht hierlassen. Ja, er könnte uns verletzen, aber er kann uns definitiv nicht töten. Wir besitzen viel mehr Kräfte als er", antwortete Lucinda.

„Asgard, wenn du von deiner Mutter sprichst, wer ist sie? War sie so schwach? Ich musste sie dauerhaft von dieser Welt entfernen", fragte Lucinda, als Asgard knurrte.

„Wage es nicht, so über meine Mutter zu sprechen", schrie Asgard.

„Sie war schwach. Warum bist du verletzt? Du bist nur ein Stück Kuchen, wenn Lucinda leicht mit deiner Mutter fertigwerden kann", sagte Jake, als Asgard einen brennenden Ball voller Schwefel ausspuckte.

Asgard war überrascht, Jake ohne Verletzungen auf seinem Körper zu sehen, nach dem Aufprall mit dem brennenden Schwefel.

„Lass mich dich wieder erinnern, wer ich bin. Ich bin Jake, der Sohn der Sonne. Ich bin das Feuer selbst. Du kannst mich nicht mit Feuer bekämpfen", antwortete Jake.

„Dann werde ich dich mit deinem Feind bekämpfen", sagte Asgard.

Als er dabei war, Wasser an der Seite heraufzubeschwören, pinnte ein starker Wind ihn gegen den Wand, als Lucinda vorrückte und schrie: „Ich kontrolliere den Wind, das Wasser und diese Erde. Alles beugt sich zu meinen Füßen, Asgard. Ich will dir nicht wehtun. Geh und komm nie zurück", schrie Lucinda, als Blitz einschlug, gefolgt vom Grollen des Donners.

„Es war leicht für dich, sie zu besiegen, weil sie im Winterschlaf war. Denkst du, ich bin ein Schwächling?" schrie Asgard.

„Oh, das ergibt mehr Sinn. Star ist deine Mutter. Ich wusste, dass etwas an dir vertraut ist, und du hast es erklärt. Also war Star deine Mutter. Ich habe ihr nicht wehgetan. Ich habe nur gewählt, Dinge friedlich für sie zu beenden. Ich habe ihr nicht einmal den richtigen Schmerz zugefügt. Sie kam für meine Eltern, was ihr größter Fehler war", schrie Lucinda zurück.

„Ich hätte deinen Großeltern wehgetan, wenn ich sie wäre", antwortete Asgard, als Jake den Felsen dort heraufbeschwor, und er auf Asgards Gesicht krachte.

„Sprich noch ein Wort über unsere Familie, und ich ruiniere dich", drohte Jake mit geballter Faust.

Asgard lag auf dem Boden, murmelte einige seltsame Worte, und alles begann sichtbar zu schütteln, als Lucinda und Jake sich fest umarmten.

„Versuch es nicht einmal, weil du das nicht stoppen kannst. Die Erde wird euch verschlingen. Ich werde euren Tod leicht machen, und danach habe ich den Freiheit, alles zu tun, was ich will", sagte Asgard lachend.

„Bist du so verzweifelt?" fragte Lucinda.

„Ja, ich bin verzweifelt, Unheil und Verdammnis über den Welt zu bringen, genau wie meine Mutter es wollte. Sie wird so stolz auf mich sein", sagte Asgard lachend.

„Lucinda, konzentriere dich. Ich weiß, du kannst es. Lass uns das tun", sagte Jake.

„Ich kann nicht. Der Boden schüttelt. Ich versuche, mein Gleichgewicht zu halten", antwortete Lucinda.

„Sprich zu den Winden. Sie werden dich hören", flüsterte Jake.

Lucinda schloss den Augen, um einige Worte zu murmeln, aber sie öffnete sie sofort, als sie flüsterte: „Es tut mir leid, ich kann mich einfach nicht konzentrieren."

„Okay, halt dich einfach an mir fest", sagte Jake, als er eine seltsame Zeichnung auf dem Boden machte, während er einige unbekannte Worte murmelte.

„Was hast du getan?" fragte Lucinda.

„Ich habe unsere Eltern beschworen. Ich sage nicht, dass wir schwach sind, aber wir können uns kaum konzentrieren. Vielleicht, wenn wir hier raus sind, können wir an unserem Gleichgewicht arbeiten", sagte Jake.

Die Form des Mondes und der Sterne zusammen mit der Sonne erschien, und das Licht war so blendend, dass sie nicht sahen, was als Nächstes passierte.

Lucinda und Jake öffneten den Augen und sahen einen Stab direkt in ihren Händen.

„Du hast den Königin und den König beschworen? Was lässt dich denken, dass sie menschliche Eigenschaften wie du besitzen, um hier zu erscheinen? Wie wagst du es, sie in eine Party einzubeziehen, zu der sie nicht eingeladen waren? Ihr beide kämpft eine verlorene Schlacht. Eure Eltern können nicht helfen", sagte Asgard lachend.

Jake und Lucinda vereinten ihre Stäbe, als sie einige Worte chanteten.

„Geh nach Hause. Verdammnis kann der Welt jetzt nicht gebracht werden", sagten sie beide, als das Licht von den Stäben direkt auf Asgard feuerte.

Sie beide schlossen den Augen und fielen von der folgenden Explosion zu Boden.

Lucinda und Jake öffneten den Augen und sahen, dass überall um sie herum von der Explosion ruiniert war.

Jake half Lucinda auf, als sie zu dem Ort spazierten, wo Asgard lag und hustete.

„Ich weiß, es ist für mich vorbei. Ihr habt mich dorthin geschickt, wohin ihr meine Mutter Star geschickt habt. Ihr habt einen starken Kampf geführt. Ihr habt vielleicht gewonnen, aber unvorhergesehene Dämonen werden immer kommen. Der Kampf ist nicht zu Ende. Wir Dämonen existieren noch", sagte Asgard lachend, als er langsam in dünne Luft verblasste und einige Blumen auf dem Boden hinterließ.

„Die Stäbe, wo sind sie?" fragte Lucinda und schaute sich um.

„Sie sind weg und gehören unseren Eltern. Asgard hatte recht. Wir können sie nicht hier erscheinen lassen. Sie haben einen Ort, der ausschließlich für sie designed ist. Sagen wir einfach, ihre Geister haben unsere Körper übernommen. Sie haben ihren Willen getan und sind in ihre Paläste zurückgekehrt", antwortete Jake.

„Wie? Mit wem bin ich verheiratet?" fragte Lucinda.

„Du hast viel zu lernen, und ich werde dir alles beibringen", antwortete Jake.

„Lass uns nach Hause gehen", sagte Lucinda.

Jake beugte sich hinunter, küsste Lucindas Bauch und sagte: „Es tut mir so leid, dass ich dich herausgebracht habe, um das zu erleben. Wenn ich gewusst hätte, dass du in Mamas Bauch bist, hätte ich dich nicht gestresst. Daddy ist so leid. Ich kann es kaum erwarten, dich zu treffen."

„Lustigerweise hat uns ein Dämon gesagt, dass wir Eltern werden. Ich werde meiner Tochter erzählen, wie ihre Anwesenheit uns angekündigt wurde", sagte Lucinda lachend.

„Tochter? Du scheinst so sicher", fragte Jake.

„Ja, Amber kommt zurück. Sie hat versprochen, dass sie als unser erstes Kind zurückkommen wird, also glaube ich, dass ich sie gebären werde", sagte Lucinda.

„Das ist schön. Sie ist eine Seherin, Tochter des Mondes und der Sterne, und auch den Tochter der Sonne. Wie glücklich kann sie sein?" antwortete Jake lachend zurück.

„Sehr glücklich. Wir bleiben für sie am Leben", fügte Lucinda hinzu.

„Lass uns nach Hause gehen", sagte Jake, als Lucinda ihre Halskette berührte, das Portal öffnete, bevor sie beide hineingingen.

Kapitel Zwanzig

Lucindas Hand umklammerte Jake

Lucindas Hand umklammerte Jake fest, während Wellen aus Schmerz und Erwartung über sie hinwegspülten. Der Raum hallte vom Rhythmus ihrer Atemzüge wider, den Momente dehnten sich in den Ewigkeit. Mit einem letzten Stoß erfüllten den Schreie eines Neugeborenen den Luft, und Lucindas Herz schwoll vor überwältigender Liebe und Erleichterung an.

Als den Krankenschwester der Stadt das Bündel Freude in Lucindas Arme legte, traten Tränen in ihre Augen. Sie blickte auf ihre Tochter hinunter, eine strahlende Wärme durchflutete ihr Wesen. „Amber", flüsterte sie, ihre Stimme voller Zärtlichkeit, wissend, dass dieser Name eine Bedeutung hatte, den das Gewöhnliche überstieg. Sie hatte versprochen, ihr Kind nach Amber, der Seherin, zu benennen. Lucinda konnte nicht umhin, den subtilen, doch auffälligen Ähnlichkeiten zwischen ihrer Tochter und Amber zu bemerken. Von der Kurve ihres Lächelns bis zum Funkeln in ihren Augen ging eine unheimliche Ähnlichkeit über bloße Genetik hinaus. Es fühlte sich an, als wäre Amber zum zweiten Mal in diese Welt zurückgekehrt.

An einem Abend, sitzend mit ihrem Ehemann Jake in der Wärme ihres Zuhauses, konnte Lucinda ihre Beobachtungen nicht länger zurückhalten. „Jake", begann sie, ihre Stimme von Neugier durchzogen, „hast du bemerkt, wie sehr unsere Tochter Amber ähnelt?"

Jake nickte, ein Lächeln spielte um seine Lippen. „Es ist manchmal fast unheimlich", antwortete er, seine Augen spiegelten seine Zuneigung zu seiner Frau und Tochter wider.

Lucinda sinnierte über den Ähnlichkeit, eine Mischung aus Staunen und Faszination tanzte in ihren Gedanken. Sie zeichnete den Konturen von Ambers Gesicht in ihrem Geist nach; den Vertrautheit der Züge von Amber der Seherin schuf eine unausgesprochene Verbindung zwischen ihnen. Es war, als trüge ihre Tochter eine Reflexion von Ambers Essenz, Beweis für den Bindung, den sie teilten.

„Erinnerst du dich an Ambers Prophezeiung?" Jake lehnte sich zurück, ein spielerisches Lächeln zupfte an seinen Mundwinkeln.

Lucindas Augen funkelten vor Neugier. „Oh, du meinst ihre Behauptung, als unser Kind zurückzukommen?" Sie kicherte leise. „Ja, sie hat das versprochen, und es ist offensichtlich, dass sie ihr Versprechen gehalten hat. Einmal dachte ich, ich würde sie nie wiedersehen."

Jake nickte, ein nachdenklicher Ausdruck zog über sein Gesicht. „Es ist faszinierend. Die Idee, dass sie in einer anderen Form zurückkehrt, möglicherweise mit Kräften oder Fähigkeiten, den wir uns nicht vorstellen können."

Lucinda beugte sich vor, ihr Blick auf Jake fixiert. „Aber welche Kräfte könnte sie besitzen? Wird sie ein freier Geist sein, eine Wanderin zwischen Welten? Ich habe Angst, Jake, auch wenn ich es nicht sage. Ich will nicht, dass mein Kind den Hälfte von dem durchmacht, was ich hier auf der Erde durchgemacht habe, herauszufinden, wer ich bin, und den Kämpfe, den ich kämpfen musste."

Jakes Lächeln wurde breiter; seine Augen füllten sich mit Zuversicht. „Welche Kräfte sie auch besitzen mag, welche Form sie auch annimmt, ich bin mir einer Sache sicher: Die Konvergenz unserer Welten, die, aus denen sie kommt, wird keinen Ärger auf unseren Weg bringen. Vertrau mir, sie wird nichts von dem durchmachen, was du durchgemacht hast. Weißt du warum? Weil du den Weg für sie geebnet hast, und sie wird dir in den kommenden Jahren dankbar dafür sein."

Lucinda seufzte, eine Mischung aus Staunen und Besorgnis war in ihrer Stimme hörbar. „Es ist nur das Unbekannte, Jake. Die Unvorhersehbarkeit von allem. Ich will das Beste für sie und alle."

„Ich verstehe, Liebling." Jake streckte den Hand aus und ergriff sanft Lucindas Hand. „Aber Amber war immer ein Leuchtfeuer der Positivität, ein Führer durch Unsicherheit. Sie ist nicht den Art, den Chaos bringt, sondern eher Glück. Ihr früheres Leben mag nicht einfach gewesen sein, aber ihr gegenwärtiges Leben mit uns als ihren Eltern wird das einfachste für sie sein."

Lucindas Blick wurde weicher, ein Gefühl des Vertrauens umhüllte sie. „Du hast recht. Sie war immer eine Verkörperung von Weisheit und Gleichgewicht."

Während sie in nachdenklichem Schweigen saßen, überschwemmten Erinnerungen an ihre Begegnungen mit Amber ihre Gedanken. Ihre ruhige Präsenz, ihre kryptischen, doch beruhigenden Worte hallten in ihren Gedanken wider, ein Wesen, das über alle Maßen gesegnet war.

„Wir werden vielleicht nie wirklich den Ausdehnung ihrer Fähigkeiten verstehen", sinnierte Lucinda. „Aber ich hoffe, sie bringt dieselbe Wärme und Güte, den sie immer ausgestrahlt hat."

„Ich könnte nicht mehr zustimmen", nickte Jake einvernehmlich. „Ihre Präsenz war immer ein Segen, ein Leuchtfeuer der Hoffnung in unserem Leben."

Als Greg und Maya das Haus betraten, begrüßte Lucinda sie herzlich und umarmte sie fest. Ihre Augen funkelten vor Aufregung, begierig darauf, ihr Urenkelkind Amber zu sehen. Lucinda zeigte auf Ambers Zimmer, verstand ihr Vorhaben, und sie eilten davon, um bei ihr zu sein.

Allein im Zimmer mit Amber war den Atmosphäre von unschuldiger Neugier erfüllt. Amber blickte mit neugierigen Augen zu ihren Urgroßeltern auf und fragte: „Warum spielen oder umarmen Grandma Annalise und Grandpa Phil mich nicht? Habe ich etwas falsch gemacht?"

Maya war einen Moment lang von der unerwarteten Frage überrascht, unsicher, wie sie antworten sollte, während Greg sich näher zu Amber beugte und versuchte, den richtigen Worte zu finden. „Schatz, sie sind nicht böse auf dich, und du hast nichts falsch gemacht, okay? Sie sind anders; manchmal können sie nicht spielen oder umarmen wie wir."

Ambers Gesicht verzog sich vor Verwirrung. „Aber ich will sie umarmen. Könnt ihr sie bitten, bitte?" flehte sie, ihre Unschuld zupfte an Gregs Herzfäden.

Gregs Augen wurden weich vor Mitgefühl. „Ich weiß, du willst es, und sie wollen dich auch umarmen. Aber es könnte etwas Zeit brauchen. Sie sind nicht böse, versprochen."

Maya, berührt von Ambers Sehnsucht, fand endlich ihre Stimme. „Amber, Grandma Annalise und Grandpa Phil lieben dich sehr. Sie wachen über dich, auch wenn sie jetzt nicht umarmen oder spielen können."

Ambers kleines Gesicht leuchtete mit einem Hauch von Verständnis auf. „Okay", sagte sie, ein kleines Lächeln auf ihren Lippen.

Greg hob Amber in eine warme Umarmung und versuchte, sie zu beruhigen. „Wir spielen alle bald zusammen, in Ordnung?"

Amber nickte, ihre Augen hellten sich vor Vorfreude auf. „Okay, Grandpa", sagte sie kichernd, als Maya mit einem spielerischen Kitzeln mitmachte.

Greg und Maya beschäftigten Amber den ganzen Tag mit Spielen und spielerischen Aktivitäten. Die Momente waren von Lachen und Freude erfüllt. Ambers unschuldige Frage hing in der Luft, eine Erinnerung an den sanfte Geduld, den erforderlich war, um den Lücke zwischen ihr und ihren geisterhaften Großeltern Annalise und Phil zu überbrücken.

An diesem Abend, als Greg und Maya zu ihrem Zuhause aufbrachen, dauerte es nicht lange, bis Jake und Amber in den stillen Abend für ihren Spaziergang verschwanden. Eine subtile Veränderung in der Atmosphäre senkte sich über das Haus.

Später in der Nacht wurde den Mitternachtsstille von Jakes sanfter Berührung unterbrochen, als er Lucinda weckte, Besorgnis auf seinem Gesicht eingeätzt. „Lucinda, wach auf", flüsterte er dringend, seine Stimme voller Staunen.

Blinzelnd den Reste des Schlafs weg, rieb Lucinda ihre Augen, eine Mischung aus Verwirrung und Besorgnis auf ihrem Gesicht. „Ist alles in Ordnung?" fragte sie, ihre Stimme von Schläfrigkeit durchzogen.

Jake umarmte sie zärtlich und führte sie sanft zu Ambers Zimmer. „Komm, du musst das sehen", sagte er leise, seine Augen glänzten vor Aufregung und Ehrfurcht.

Verwirrt, aber Jakes Führung vertrauend, folgte Lucinda ihm in Ambers Zimmer. Als sie eintraten, entfaltete sich ein atemberaubender Anblick vor ihnen. Die Zweijährige lag friedlich da, umgeben von einem himmlischen Spektakel. Sterne tanzten um sie herum, und Sonnenlicht schien sie zu umkreisen, schuf eine faszinierende Darstellung, den jeder Erklärung trotzte.

Lucinda keuchte vor Staunen, ihre Hand bedeckte ihren Mund ungläubig. „Was... ho..." Ihre Worte verstummten, unfähig, den ätherischen Anblick vor ihr zu begreifen.

Ein strahlendes Lächeln zierte Jakes Lippen, als er Lucinda näher hielt, seine Augen auf ihr bemerkenswertes Kind fixiert. „Unsere Eltern sind gekommen, um ihr Enkelkind zu besuchen", sagte er, seine Stimme voller Staunen und Stolz.

Lucindas Herz schwoll vor gemischten Emotionen—Staunen, Freude und einem Gefühl der Verbindung. Tränen der Ehrfurcht traten in ihre Augen, als sie auf den außergewwöhnliche Szene blickte und den Bedeutung der einzigartigen Abstammung ihrer Tochter erkannte.

Sie trat näher zu Amber, ein Gefühl der Ehrfurcht wusch über sie hinweg. „Sie ist wirklich etwas Besonderes", flüsterte Lucinda, ihre Stimme voller unerklärlichen Stolzes und Liebe.

Zusammensitzen auf dem Bett flüsterten sie über das seltsame Ereignis. „Denkst du, wir haben es geschafft? Die Lücke zwischen den Welten überbrückt?" fragte Lucinda, ihre Stimme von Neugier durchzogen.

Die Ereignisse des Abends ließen sie staunend und fasziniert zurück. Gedanken wirbelten in ihren Köpfen, als sie eindösten und sich fragten, was diese neu gefundene Verbindung zwischen den Welten für ihre Zukunft und den Zukunft ihres Kindes Amber bedeuten könnte. Aber was auch immer es war, sie waren sicher, dass sie damit umgehen würden.

Als Amber ihren dritten Geburtstag feierte, bemerkte Lucinda etwas Außergewöhnliches an ihrer Tochter—subtile Manifestationen übernatürlicher Fähigkeiten, den von innen zu strahlen schienen.

Gegenstände levitierten gelegentlich, wenn Amber aufgeregt war. Sie kommunizierte mühelos mit Tieren, Kichern zog Schmetterlinge und Vögel an, wohin sie auch spielte.

Lucinda, den ihre Fähigkeiten verborgen hatte, erkannte den Zeichen sofort. Statt alarmiert zu sein, fand sie Trost darin, zu erkennen, dass Amber diese außergewöhnlichen Gaben von ihr und Jake geerbt hatte.

An einem sonnigen Nachmittag im Hinterhof beobachtete Lucinda, wie Amber ihre winzige Hand ausstreckte, ihre Augen vor unschuldiger Neugier funkelnd. Ein kleiner Setzling, der Schwierigkeiten hatte zu wachsen, spross plötzlich Blätter, blühte mit lebendigen Blumen auf, als Ambers Lachen den Luft erfüllte.

Während sie den Szene beobachtete, näherte sich Jake Lucinda, sein Ausdruck eine Mischung aus Staunen und Verständnis. „Sie ist wie wir, oder?" bemerkte er leise, seine Augen auf ihre Tochter fixiert.

Lucinda nickte, ein sanftes Lächeln zierte ihre Lippen. „Ja, sie ist unser kleines Wunder, das den Wunder von etwas jenseits des Gewöhnlichen trägt. Wir haben Glück, sie zu haben."

Ihre einzigartigen Fähigkeiten ihrer Tochter umarmend, pflegten Lucinda und Jake Ambers aufkeimende Kräfte, leiteten sie mit Liebe und Fürsorge. Sie wussten, dass in ihr ein Potenzial lag, das den Grenzen des Gewöhnlichen überstieg—ein Geschenk, das, wenn geschärft und verstanden, zu einem Leuchtfeuer der Hoffnung und des Wunders in einer Welt voller noch zu erkundender Mysterien werden könnte.

Amber, ihre kleinen Füße patschten leise auf dem Boden, näherte sich ihren Eltern, eine Furche bildete sich auf ihrer Stirn, als sie den Hand ausstreckte, um sie zu berühren. „Mommy, Daddy, warum kann ich Grandma Annalise und Grandpa Phil nicht umarmen, wie ich es bei Big Grandpa Greg und Grandma Maya tue?"

Jake und Lucinda tauschten Blicke aus, ihre Herzen von Ambers Unschuld erweicht. Jake kniete sich hin, traf ihren neugierigen Blick. „Schatz, es ist nicht so, dass sie dich nicht umarmen wollen. Es ist nur, dass sie es nicht können."

Ambers Augen weiteten sich. „Warum nicht? Mögen sie mich nicht?"

Lucinda kniete sich neben sie und schlang ihre Arme um Amber. „Natürlich tun sie das, Liebling. Sie haben eine besondere Art, hier zu sein."

„Wie?" Ambers Stimme trug einen Hauch von Verwirrung.

„Deine Großeltern verwandeln sich tagsüber in etwas, das Geister genannt wird", erklärte Lucinda sanft.

„Geister?" Ambers Stimme bebte leicht.

Jake nickte und versuchte, den einfachsten Worte zu finden.

„Ja, sie sind wie Geister, Süße. Menschen, den diese Welt verlassen haben."

„Aber warum sind sie hier, wenn sie weg sind?" Ambers Unschuld flehte um Verständnis.

Lucinda lächelte sanft und zeichnete mit einem Finger Ambers Wange nach. „Siehst du, Schatz, Mommy und Daddy sind anders. Ich komme vom Mond und den Sternen, und dein Daddy kommt von der Sonne. Also funktionieren einige Dinge bei uns anders."

Amber blinzelte und versuchte, den magische Erklärung zu begreifen. „Wer bin ich dann?"

Lucindas Augen funkelten vor Zuneigung. „Du, mein Liebes, bist etwas Besonderes. Mit der Zeit wirst du entdecken, wer du wirklich bist."

Neugierig und fasziniert fühlend, nahm Amber den Hände ihrer Eltern, als sie sie zurück in ihr Zimmer führten. Sie deckten sie zu, überschütteten sie mit Küssen und ließen sie in das Reich der Träume gleiten, unwissend um den bezaubernden Begegnungen, den auf sie warteten, wenn den Uhr Mitternacht schlug.

Das Läuten der Uhr durchbrach den Stille in Ambers Zimmer, als Mitternacht kam. Annalise und Phil, den spektralen Formen ihrer Großeltern, erschienen, ihre durchscheinenden Gestalten warfen ein weiches Leuchten in den schwach beleuchteten Raum. Mit zärtlicher Sehnsucht streckte Annalise ihre Hand nach Amber aus, um ihr Haar zu streicheln, während sie schlief.

„Grandma! Grandpa!" Ambers Stimme erfüllt von Aufregung.

Überrascht fragte Annalise: „Mein Liebes, warum bist du so spät wach?"

Kichernd vor Unschuld setzte sich Amber auf. „Ich habe auf euch gewartet!"

Phil konnte nicht umhin, über ihre Aufrichtigkeit zu lachen. „Du hast auf uns gewartet?"

„Yep!" bestätigte Amber und umhüllte ihre Großeltern in einer herzlichen Umarmung. „Jemand hat mir gesagt, dass ich, wenn ich euch umarmen will, bis Mitternacht warten muss; sie hatte recht."

„Und wer ist das?" fragte Annalise.

„Es ist mein Geheimnis; ich habe ihr versprochen, niemandem von ihr zu erzählen. Seid ihr jede Nacht gekommen?" fragte Amber lächelnd.

Eine zärtliche Wärme umhüllte Annalise und Phil bei Ambers unschuldiger Frage. „Ja, Liebling, das haben wir", antwortete Annalise, ihre Stimme voller Zuneigung.

Glück blitzte über Ambers Gesicht, als sie sich zurück auf ihr Kissen kuschelte. „Macht euch keine Sorgen, ich finde einen Weg, damit ihr nicht bis Mitternacht warten müsst, um wieder mit mir zu spielen, und Mommy nicht bis Mitternacht warten muss, um euch beide zu umarmen."

Annalise und Phil tauschten Blicke aus, ein Schimmer der Hoffnung spiegelte sich in ihren durchscheinenden Formen wider. Ihre Herzen schwollen vor Dankbarkeit für den unerschütterliche Liebe ihrer Enkelin, auch wenn sie beide wussten, dass es nicht möglich war. Lucinda hatte bereits getan, was ihre Kräfte konnten.

Amber schloss den Augen mit einem tröstenden Lächeln, ihr Atem wurde gleichmäßig und ruhig, als der Schlaf sie sanft zurückeroberte. Annalise und Phil wachten einen Moment über sie. Sicherstellend, dass sie tief schlief, erschienen sie wieder in der vertrauten Umgebung des Hauses ihrer Eltern, bevor sie langsam aus ihrem Zimmer verblassten.

Greg und Maya waren überglücklich, ihre Tochter und ihren Schwiegersohn zu sehen, den ätherische Wiedervereinigung erfüllte den Raum mit Wärme und Liebe. Gespräche flossen mühelos, erzählten Geschichten aus der Vergangenheit und teilten Einblicke in ihre unsichtbare Welt.

Greg wünschte ihnen gute Nacht, als den Nacht tiefer wurde, sein Herz voll von der kurzen, doch geschätzten Begegnung. Es dauerte nicht lange, bis Maya ihnen gute Nacht wünschte. Annalise und Phil saßen auf dem Balkon und beobachteten in dieser Nacht den Sterne und den Mond.

„Was Amber gesagt hat, wird wehtun, wenn sie erkennt, dass sie nichts tun kann. Sie ist so ein süßes kleines Kind", sagte Annalise und brach das Schweigen.

Phil lachte und sagte: „Sie wird lernen, den Realitäten des Lebens zu verstehen."

„Die Wahrheit ist, ich bin glücklich, dass Lucinda und Jake nicht vollständig menschlich sind. Auf dem Sterbebett zu liegen und an mein Kind zu denken, war das Schlimmste ever. Ich habe den Tod bekämpft. Ich wollte für mein Baby am Leben bleiben, aber ich schätze, ich habe nicht genug gekämpft. Ich habe zugesehen, wie meine Tochter durch den Hölle ging, auch wenn meine Eltern sich gut um sie gekümmert haben. Alles, was sie wollte, waren ihre Eltern. Ich bin glücklich, dass, was auch passiert, Amber nicht dasselbe durchmachen muss wie Lucinda. Sie wird nicht dieselbe Narbe tragen, den unser Tod unserer Tochter zugefügt hat", äußerte Annalise, als Phil sich näher zu ihr bewegte und sie fest umarmte.

Phil lächelte, als er zu den Sternen blickte. „Ich bin glücklich, dass den Dinge für Lucinda gut ausgegangen sind. Es würde helfen, wenn du auch glücklich wärst. Wir haben den Chance bekommen, den viele nie bekommen."

Allein im schwach beleuchteten Zimmer starrte Lucinda durch das Fenster in den Nachthimmel, den Sterne funkelten wie ferne Flüstern. Sie konnte den Unruhe über den Zukunft ihrer Tochter und den unbekannten Weg vor ihnen nicht abschütteln.

Mit schwerem Herzen flüsterte Lucinda in den stillen Raum. Lucinda stand auf, als sie in ihr Zimmer ging. Jake schlief bereits tief und fest. Sie legte sich auf das Bett und starrte in den leeren Raum. Gedanken an Amber und den Komplexitäten des Mutterseins wirbelten durch Lucindas Geist. Das weiche Leuchten des Mondlichts sickerte in den Raum und warf Schatten, den den Unsicherheit zu spiegeln schienen, den sie fühlte.

Trotz der Ruhe der Nacht blieb Lucindas Herz unruhig, geplagt von den unausgesprochenen Sorgen um ihre geliebte Tochter. Die Nacht ging weiter und ließ Lucinda in einem Zustand der Kontemplation zurück, hoffend auf Klarheit und Beruhigung inmitten ihrer Befürchtungen.

In der ruhigen Stille der Nacht rührte sich Jake aus seinem Schlaf, spürte eine Unruhe, den den Raum durchdrang. Er drehte sich um und sah Lucinda, ihre Augen offen, starrte in den Dunkelheit, ein besorgter Ausdruck auf ihrem Gesicht.

„Lucinda, was ist los?" Jakes Stimme war sanft, belastet mit Sorge.

Erschrocken drehte sich Lucinda zu ihm um und versuchte, den Sorge in ihren Augen zu maskieren. „Mir geht's gut, Jake. Konnte nicht schlafen", antwortete sie und versuchte, den Schwere ihrer Gedanken abzutun.

Jake spürte ihr Zögern. „Bitte, sprich mit mir. Ich sehe, dass dich etwas belastet", flehte er sanft und streckte den Hand aus, um sie zu trösten.

„Du machst dir Sorgen um Amber. Das ist schon zu lange so, und es ist ungesund", sagte Jake.

Lucinda drehte sich um und sagte: „Ich weiß, aber je mehr ich versuche, den Gedanken aus meinem Kopf zu bekommen, desto mehr kehrt er zurück. Ich habe es versucht, Jake, aber es funktioniert nicht. Ich will Amber nicht verlieren, und ich will nicht, dass Amber mich verliert; ich will nicht, dass meine Tochter dasselbe durchmacht, was ich durchgemacht habe, nachdem meine Eltern gestorben sind."

„Du bist unsterblich, Lucinda; du kannst nicht sterben", versicherte Jake ihr.

„Was, wenn das Schicksal bestimmt hat, dass Ambers Eltern sterben?" fragte Lucinda.

„Okay, meine Frau ist verrückt geworden; das Schicksal hat nichts Böses bestimmt, hey? Das ist nicht den Frau, den ich geheiratet habe; lass nicht zu, dass Angst dich zu etwas macht, was du nicht bist. Ich flehe dich an", flehte Jake.

„Ich werde versuchen, nicht zuzulassen, dass den Angst über mich siegt, versprochen", sagte Lucinda, drehte sich um und schloss den Augen.

Jake, obwohl besorgt, respektierte ihren Wunsch nach Einsamkeit. Er beobachtete, wie sie den Augen schloss und so tat, als schliefe sie. Sich weniger fühlend, starrte er schweigend auf den Vollmond draußen vor ihrem Fenster, ein unausgesprochenes Flehen entwich seinen Lippen: „Bitte, Mond und Sterne, helft eurem Kind; lasst nicht zu, dass den Angst über sie siegt."

Mit schwerem Herzen und einem stillen Gebet um Führung legte sich Jake zurück ins Bett, hoffend, dass Frieden ihr Zuhause umhüllen und den Ängste lindern würde, den Lucinda ergriffen hatten.

Über den fernen Gebirgsketten

ihrem Fenster, ein unausgesprochenes Flehen entwich seinen Lippen: „Bitte, Mond und Sterne, helft eurem Kind; lasst nicht zu, dass den Angst über sie siegt."

Mit schwerem Herzen und einem stillen Gebet um Führung legte sich Jake zurück ins Bett, hoffend, dass Frieden ihr Zuhause umhüllen und den Ängste lindern würde, den Lucinda ergriffen hatten.

Kapitel Einundzwanzig

Kleine Amber

Kleine Amber schlich auf Zehenspitzen in das Zimmer ihrer Mutter Lucinda, ihre großen Augen voller Staunen und Unschuld. „Mommy, denkst du, dass meine Großeltern Annalise und Phil jemals wieder zum Leben zurückkommen werden?" fragte sie, ihre Stimme voller Hoffnung.

Am Bettrand sitzend hielt Lucinda inne, ihr Lächeln wurde weicher bei Ambers Frage. Sie blickte auf ihre Tochter, ihr Herz schwoll vor einer Mischung aus Emotionen, Erinnerungen fluteten zurück. Ihr Blick traf Ambers; für einen Moment schien der Raum den Atem anzuhalten.

„Schatz", antwortete Lucinda sanft, „das Leben kann manchmal knifflig sein. Wir haben nicht immer Antworten auf alles, oder?"

Amber runzelte den Stirn und dachte über den Worte ihrer Mutter nach. „Aber wenn sie zurückkommen, wie würdest du dich fühlen?" beharrte sie, ihre Neugier ungestillt.

Lucindas Lächeln blieb, aber ihre Augen trugen einen Hauch von etwas Tieferem, einer Mischung aus Sehnsucht und Akzeptanz. Sie legte eine Hand auf Ambers Schulter und zog sie näher. „Wenn das jemals möglich wäre, denke ich, würde ich lächeln und nichts sagen", sagte sie leise, ihre Stimme voller Geheimnis.

Amber dachte über Lucindas Antwort nach und versuchte, den Bedeutung hinter ihren Worten zu entschlüsseln. Als sie den Verwirrung ihrer Tochter spürte, wuschelte Lucinda liebevoll durch Ambers Haar.

„Manchmal, Liebling, sind den mächtigsten Gefühle den schwersten in Worte zu fassen."

Mit einem zufriedenen Seufzen nickte Amber und fühlte Trost in der Umarmung ihrer Mutter. Lucindas Lächeln blieb, andeutend eine ungesagte Geschichte, eine Reise aus Liebe und Verlust, den nur den Zeit enthüllen konnte. Sie wollte nicht an etwas denken, das ihre Hoffnungen zunichtemachen würde. Wie sollte sie ihrer Tochter erklären, dass sie ihre Großeltern immer noch sehen konnte, alles dank der neu entdeckten Kräfte, und dass sie nie wieder Menschen sein würden? Sie wollte ihre Tochter in so zartem Alter nicht zerstören.

Jake betrat den Raum. Sein Gesicht war von Sorge gezeichnet, als er Lucinda tief in Gedanken fand. Ihre Unruhe spürend, näherte er sich schnell, Sorge in seinen Augen sichtbar. Lucinda drehte sich zu ihm um, eine Mischung aus Sorge und Verwirrung auf ihrem Gesicht.

„Was ist los, Lucinda?" fragte Jake, seine Stimme von Sorge durchzogen, als er ihre Hände nahm.

Mit gerunzelter Stirn offenbarte Lucinda: „Amber hat mich vorhin etwas Seltsames gefragt—wie ich mich fühlen würde, wenn meine Eltern wieder zum Leben kämen." Ihre Stimme trug eine Spur von Unruhe.

Verwirrt spiegelte Jakes Ausdruck den Verwirrung wider. „Woher könnte sie diese Idee haben?" sinnierte er laut und versuchte, den Grund für Ambers unerwartete Frage zu entschlüsseln.

Nach unten blickend murmelte Lucinda: „Ich habe keine Ahnung, Jake. Es hat mich völlig unvorbereitet erwischt. Sie hat mit so viel Glück im Gesicht gefragt, als ob es etwas wäre, das passieren würde. Wie soll ich ihr beibringen, dass Menschen, den tot sind, nie wieder zum Leben zurückkehren können?" Ihre Sorge war spürbar.

Aus Angst, dass Lucinda ängstlich werden könnte, hielt Jake ihre Hände fester und blickte tief in ihre Augen. „Bitte, lass dich davon nicht beunruhigen; du musst Amber nichts sagen. Lass sie ihre eigenen Fragen stellen. Je älter sie wird, desto mehr werden den Realitäten dieser Welt für sie Sinn ergeben", drängte er und versuchte, ihre Unruhe zu beruhigen. „Amber und ich besuchen heute deine Großeltern Maya und Greg. Was, wenn du mitkommst? Vielleicht hilft es uns, zu verstehen, was passiert, wenn wir bei der Familie sind."

„Nein, mir geht's gut; ich habe hier noch ein paar Dinge zu erledigen. Ihr beide solltet zum Abendessen zurück sein", sagte Lucinda. Jake blickte seine Frau an und sagte: „Versprich mir, dass du okay sein wirst. Denk dran, ihr wird nichts passieren. Sie ist genau wie wir, und was sie jetzt zeigt, sollte uns nicht beunruhigen, okay?"

Lucinda nickte zustimmend und fand Trost in Jakes Versicherung, als Jake und Amber sich auf den Weg zu Maya und Greg machten. Ein unheimliches Gefühl senkte sich in ihr nieder. Eine unausgesprochene Spannung hing in der Luft, ein unerklärliches Gefühl der Vorahnung, das ihr Herz schneller schlagen ließ.

Tief im Inneren konnte Lucinda das beunruhigende Gefühl nicht abschütteln, dass etwas nicht stimmte—etwas, das unter der Oberfläche lauerte, verborgen in Ambers unschuldigen Worten. Es hinterließ ein kühles Gefühl, eine stille Besorgnis, den ominös in ihrem Geist hing. Etwas könnte ihre Tochter diese Frage stellen lassen haben, aber sie wusste, dass Amber nicht den Art war, Antworten zu erzwingen.

Die Sonne begann ihren Abstieg, als Jake und Amber am Haus von Big Grandma und Big Grandpa ankamen. Die Luft war von der Wärme der Familie erfüllt. Amber stürzte sich in den Spielzeit mit Grandma Maya; ihr Lachen hallte durch das Haus.

Als der Abend voranschritt, winkte Greg Jake, kurz nach draußen zu kommen. Sorge auf seinem Gesicht fragte Greg Jake, ob alles in Ordnung sei. Jake nickte, teilte aber seine Sorge über Ambers eigenartige Fragen bezüglich Lucindas Eltern Annalise und Phil. Trotz ihrer Bemühungen, ihre Not zu verbergen, erklärte er, wie es Lucinda zu beunruhigen schien.

Mit tröstendem Ton versicherte Greg Jake: „Kinder stellen viele Fragen, Jake. Das letzte Mal, als wir dort waren, hat sie uns gefragt, warum Annalise und Phil sie nicht berühren oder mit ihr spielen. Wir waren von der Frage schockiert, aber wir haben geantwortet. Amber ist einfach neugierig. Lucinda wird es herausfinden. Es ist hart, aber sie schafft es." Seine Worte trugen ein Gefühl von Verständnis und Weisheit.

Jake lächelte, dankbar für Gregs Versicherung. „Okay, dann", antwortete er und fühlte sich etwas erleichtert durch Gregs weise Worte.

Bald kam Maya mit Amber aus dem Haus, den widerwillig ihrer Grandma goodbye sagte. Maya reichte Amber sanft an Jake weiter, ein zärtliches Lächeln zierte ihr Gesicht, als sie ihnen eine gute Heimreise wünschte. „Ich liebe euch", sagte Amber unschuldig, als Maya und Greg lächelnd antworteten.

Als Jake und Amber den stillen Straßen hinuntergingen, den Sonne in der Ferne untergehend, umhüllte sie ein Gefühl der Ruhe. Jake hielt Amber nah, schätzte den Bindung zwischen Vater und Tochter. Die Straßen, normalerweise von Aktivität belebt, lagen nun leer und malten eine ruhige Kulisse für ihren abendlichen Spaziergang.

In der friedlichen Umarmung der Dämmerstunde gingen Jake und Amber Hand in Hand, das verblassende Licht warf lange Schatten auf den Bürgersteig. Trotz der Mysterien und Sorgen des Tages brachte der ruhige Spaziergang mit seiner Tochter Jake ein Gefühl der Beruhigung ins Herz.

Die Ruhe des Raums wurde unterbrochen, als Anya eintrat, ihre Präsenz Lucinda erschreckte. Anya bemerkte den besorgten Blick auf Lucindas Gesicht, ihre Augen scannten den besorgten Ausdruck ihrer Freundin.

„Was ist los, Lucinda?" Anyas Stimme brach den Stille, von Sorge durchzogen.

Lucinda zögerte, unsicher, ob sie den Komplexität von Ambers jüngster Offenbarung preisgeben sollte. „Es ist nichts, nur... denke über Amber und ihre Fähigkeiten nach."

Beim Abendessen fragte Amber in ihrer unschuldigen Neugier ihre Mom und Dad, ob sie nicht wollten, dass Grandma Annalise und Phil wieder Menschen werden. Lucinda blieb still, aber Jake antwortete: „Wir würden das lieben, Schatz, aber es ist unmöglich."

„Wenn du sagst, es ist nicht möglich, wie meinst du das?" fragte Amber neugierig.

„Sie sind tot, Amber; meine Eltern starben, als ich noch ein Kind war. In dieser Zeit wollte ich nichts anderes, als sie wieder zum Leben zu erwecken. Ich stellte Fragen und tat alles in meiner Macht Stehende, und nichts passierte. Also, wenn Daddy sagt, es ist nicht möglich, glaub ihm. Wir können tote Menschen nicht zurückbringen", erklärte Lucinda ruhig.

Amber nickte. Ihre Augen füllten sich mit kindlichem Verständnis. „Okay, aber Mommy, du und ich müssen nicht an alles glauben, was Leute sagen, ist unmöglich", antwortete sie, ihr Ton akzeptierend, aber immer noch neugierig.

Jake blickte seine Tochter an und fragte, was sie meinte, aber Amber lächelte glücklich und aß weiter.

Fasziniert von Ambers plötzlichem Lächeln drängte Lucinda: „Warum lächelst du, Liebling?" Aber Amber grinste schelmisch, wissend, wie man Fragen ausweicht, wie es jedes Vierjährige könnte. Lucinda versuchte, einen ernsten Ton zu halten: „Keine Spiele mehr, in Ordnung?"

Nach dem Abendessen rannte Amber aufgeregt in ihr Zimmer, ihre Eltern folgten, um sie zuzudecken. Doch als sie sich vorbeugten, um ihr gute Nacht zu küssen, stellte Amber sich schlafend, unterdrückte Kichern, als sie den Raum verließen.

„Denkst du, sie plant etwas?" fragte Lucinda, sobald sie im Zimmer war.

Jake blickte seine Frau an und lächelte. „Was könnte eine Vierjährige um diese Zeit der Nacht planen? Du machst dir zu viele Sorgen um Amber."

„Sie hat gerade gesagt, dass wir nicht an alles glauben müssen, was Leute sagen, ist unmöglich", antwortete Lucinda.

„Deine Eltern sind Geister, den wir sehen und berühren können, sobald es Mitternacht ist. Das ist, was andere unmöglich nennen. Also hey, Amber hat recht, lass uns schlafen", sagte Jake und küsste seine Frau.

Lucinda starrte an den Decke, verschiedene Gedanken rasten durch ihren Kopf, bevor sie einschlief.

Einmal allein setzte sich Amber auf, ihre Fantasie sprühte vor Aufregung. Sie blickte zum Fenster und bemerkte den Vollmond, der sein silbernes Leuchten warf. Es war genau Mitternacht. Mit einem Glanz in den Augen stand sie auf ihrem Bett und flüsterte einige eigenartige Worte, den mühelos von ihren Lippen flossen.

„Danke", flüsterte Amber den Sternen draußen zu, ein seltsames Gefühl durchströmte ihren kleinen Körper. Als sie diese mysteriösen Worte äußerte, funkelten und tanzten den Sterne in einer atemberaubenden Darstellung, heller und lebendiger als je zuvor.

„Mach dir keine Sorgen, Mom, wenn du morgen früh aufwachst, wirst du den glücklichste Person ever sein", sagte sie kichernd, zufrieden mit ihrem kleinen geheimen Ritual. Amber kuschelte sich zurück in ihr Bett, ein zufriedenes Lächeln zierte ihre Lippen, als sie einschlief, während den Sterne am Nachthimmel funkelten.

Dieser Moment markierte eine weitere Instanz, in der Ambers mysteriöse Fähigkeiten auf etwas jenseits des Begreifbaren hindeuteten, beide Eltern und sie selbst ahnungslos von der gewaltigen Macht, den sie besaß. Die unschuldigen Worte eines Kindes, geflüstert unter dem mondbeschienenen Himmel, bewirkten eine Veränderung in der Welt.

Lucinda erwachte durch kleine Schritte, den aufgeregt über den Holzboden schlurften. Ambers Kichern erfüllte den Luft und zog sie aus den Tiefen des Schlafs. Blinzelnd den Reste der Träume wegsetzend, setzte sich Lucinda auf, ihr Herz pochte vor Neugier.

„Mommy, wach auf! Ich habe eine Überraschung für dich!" Ambers Stimme sprudelte vor Begeisterung, zerrte an Lucindas Hand.

Die Augen reibend folgte Lucinda ihrer Tochter. Eine Mischung aus Schläfrigkeit und Vorfreude erfüllte sie. Amber führte sie ins Wohnzimmer, ihre winzige Hand hielt Lucinda fest.

Mit einer Geste trat Amber beiseite und enthüllte Gestalten, den am Fenster standen. Das Morgenlicht beleuchtete ihre Silhouetten. Lucindas Atem stockte, ihre Augen weiteten sich ungläubig. Vor ihr standen ihre Eltern—Annalise und Phil—lebendig und lebhaft, als aus einer fernen Erinnerung gerissen.

Schockiert stolperte Lucinda zurück, ihr Herz raste vor einem Wirbelsturm aus Emotionen. „Wie… wie ist das möglich?" Ihre Stimme zitterte, den Augen huschten zwischen ihren Eltern und Amber hin und her.

Amber strahlte, ein strahlendes Kindlächeln erhellte ihr Gesicht. Sie blickte Lucinda mit wissender Unschuld an, den ihrem zarten Alter widersprach. „Überraschung, Mommy! Ich habe sie in den Bildern gefunden und hierher gebracht!"

Lucindas Blick huschte von Amber zu ihren Eltern, ihr Geist kämpfte, den unerklärliche Szene vor ihr zu erfassen. Tränen traten in ihre Augen, als sie vorstolperte und ihre Eltern fest umarmte, ihre Wärme spürte und ihre tröstenden Worte hörte.

Als Lucinda sie nah hielt, surge eine Flut von Emotionen in ihr—eine Mischung aus Freude und Unglauben. Sie blickte zu Amber, überwältigt von dem unerklärlichen Wunder, das ihr Kind gewoben zu haben schien.

Mit zärtlichem Blick schaute Lucinda zu Amber, ihre Stimme bebte vor Emotion. „Mein Liebling, wie hast du...?" Ihre Worte verstummten, verloren im Staunen über den Fantasie eines Kindes, erkennend, dass manchmal den Unschuld und Magie eines jungen Herzens Momente schaffen konnte, den aller Logik trotzten.

Jake kam aus der Küche, und Amber rannte lachend und freudig zu ihm. „Hast du deine Mom geweckt?" fragte Jake, seine Stimme voller Belustigung.

Amber kicherte schelmisch und nickte: „Ja!"

Neugierig auf den Aufruhr fragte Lucinda: „Was hast du getan, Jake?"

Überrascht von sich selbst erklärte Jake: „Ich war auch schockiert. Ich konnte Annalise und Phil heute Morgen finden. Kurz gesagt, sie sind keine Geister mehr; sie sind menschlich."

Alle wandten sich Amber zu, Augen weit vor Erstaunen. „Was hast du getan, Amber?" fragte Lucinda sanft und versuchte zu verstehen.

„Ich habe sie wieder zum Leben erweckt, damit ich mit ihnen spielen kann. Bist du nicht glücklich?" antwortete Amber unschuldig, ihre Augen weit vor Verwirrung.

Lucinda und Jake lächelten warm und versicherten ihr: „Wir sind entzückt, Schatz. Danke."

Sie baten Amber sanft, in ihr Zimmer zu gehen, wollten privat sprechen. Allein zusammen leuchteten Jake und Lucindas Gesichter vor Freude und Erleichterung auf.

Lucinda umarmte ihre Eltern fest, ein Gefühl der Glückseligkeit wusch über sie hinweg. „Ich denke, Mom und Dad, ich werde zum ersten Mal mit euch frühstücken. Ihr seid gestorben, als ich 8 war. Ich wusste nicht einmal, dass das möglich ist."

Lucindas Augen füllten sich mit Freudentränen. „Ja, ich bin hier, Lucinda. Wir sind jetzt alle hier", sagte Annalise und hielt sie nah, ein überwältigendes Gefühl der Dankbarkeit für diesen wunderbaren Moment.

Mit Freudentränen, den über ihre Gesichter strömten, umarmten Jake und Lucinda Annalise und Phil, ihre Herzen flossen vor Glück bei der Wiedervereinigung, den sie für unmöglich gehalten hatten.

Mitten in der emotionalen Umarmung hingen Lucindas Worte in der Luft und markierten einen Moment von Bedeutung in ihrem Leben—ein Frühstück zusammen nach Jahren der Trennung durch den Tod, ein Symbol für den wunderbare zweite Chance, den ihnen gewährt worden war.

Mitten in der ruhigen Mittagszeit standen Annalise und Phil an der Türschwelle des Hauses ihrer Eltern und tauschten Blicke voller Vorfreude aus. Als Annalise sanft an den Tür klopfte, mischte sich ein schwaches Gefühl der Nervosität mit Aufregung in ihren Adern.

Die Tür quietschte auf und enthüllte Maya, ihre Mutter, deren Augen sich vor purer Überraschung weiteten. „Annalise?" stammelte sie, Unglaube auf ihrem Gesicht eingeätzt. Es war eine ungewöhnliche Stunde für ihre Tochter, besonders unter Berücksichtigung ihrer besonderen Umstände. Sie hatte kaum Zeit zu verarbeiten, bevor Annalise vorstürzte und sie fest umarmte.

„Mom, wir sind's!" Annalises Stimme war von unbestreitbarer Freude erfüllt. Maya war verblüfft und versuchte immer noch, den Situation zu begreifen. „Aber es ist Mittag. Wie...?" Ihre Stimme verstummte, Verwirrung und Erstaunen mischten sich in ihren Worten.

Bevor Maya fertig sprechen konnte, erschien Greg, ihr Vater, hinter ihr und beobachtete den unerwartete Wiedervereinigung. Seine Augen weiteten sich, als er Annalise und Phil erblickte, erstarrt in einem Moment des Erstaunens. „Was geht hier vor?" Seine Stimme trug eine Mischung aus Sorge und Faszination.

Phil trat vor, ein schwaches Lächeln spielte um seine Lippen. „Amber, sie hat etwas Unglaubliches getan. Sie hat einen Weg gefunden, uns wieder zum Leben zu erwecken", erklärte er, sein Ton von Unglauben durchzogen, als ob sogar er sich noch mit ihrer neu gewonnenen Menschlichkeit abfand.

Gregs Ausdruck veränderte sich, ein Schimmer der Hoffnung mischte sich mit Unglauben in seinen Augen. „Amber? Aber wie? Es ist unmöglich." Seine Neugier war spürbar, eine Mischung aus väterlicher Sorge und Faszination.

Annalise mischte sich ein, ihre Augen glänzten vor unvergossenen Freudentränen. „Dad, Mom, es ist wahr. Wir sind wieder Menschen!" Ihre Worte hingen in der Luft, ein Gefühl des Surrealen umhüllte den Moment.

Gregs anfänglicher Schock schmolz in eine überwältigende Welle der Erleichterung. Ohne Zögern zog er Phil in eine feste Umarmung, ein stiller Ausdruck des Glücks für ihre Rettung. Dann wandte er sich Annalise zu und umarmte sie ebenso fest, seine Augen glänzten vor Freudentränen.

Endlich in diesem unerwarteten Wendepunkt wiedervereint, versammelte sich den Familie um den Tisch für ein längst überfälliges Mittagessen. Lachen und Gespräche erfüllten den Luft, als sie diesen kostbaren Moment zusammen genossen. Annalise und Phil teilten Geschichten ihrer geisterhaften Abenteuer, während Greg und Maya aufmerksam zuhörten, ihre Herzen voller Staunen über den unglaubliche Wendung des Schicksals.

Als sie den Gesellschaft des anderen genossen, schienen den Stunden zu vergehen, verloren in der Freude der Gegenwart. Es war ein Moment, nach dem sie sich gesehnt hatten, eine einfache, doch tiefgründige Wiedervereinigung, den den Jahre der Trennung und Unsicherheit durch ihren vorzeitigen Tod heilte.

Das Sonnenlicht strömte durch den Fenster und warf ein warmes Leuchten über den Raum, als der Nachmittag schwand. Mit vollen Herzen und hochfliegenden Geistern genossen sie jede Minute, dankbar für das unerwartete Wunder, das sie wieder zusammenbrachte.

Als der Nachmittag in den frühen Abend überging, blieb den Atmosphäre von einer unbeschreiblichen Wärme erfüllt. Annalise, Phil, Greg und Maya verweilten am Tisch, erinnerten sich an längst vergangene Momente und teilten Anekdoten aus ihren geisterhaften und menschlichen Erfahrungen.

„Erinnerst du dich an das Mal, als wir in den Körpern der Pferde steckengeblieben sind?" kicherte Phil und blickte Annalise mit einem spielerischen Grinsen an.

Annalise verdrehte den Augen, ein Lächeln zupfte an ihren Lippen. „Oh bitte, es war den Hölle, aber ich war dankbar, dass wir mit Lucinda sprechen und Zeit mit ihr teilen konnten. Dad, du und Mom habt gedacht, Lucinda sei verrückt, aber sie hat nur mit ihren Eltern gebondet."

Lachen erfüllte den Raum, eine harmonische Mischung aus geteilten Erinnerungen und neu gefundener Freude. Greg und Maya beobachteten ihre Tochter und Phil, ihre Herzen schwollen vor Zufriedenheit beim Anblick ihres Glücks.

„Wie hat Amber das geschafft, als Lucinda es nicht konnte?" Mayas Neugier entfachte eine neue Welle des Gesprächs, ihr Blick flackerte zwischen Annalise und Phil.

Annalise nahm einen Moment, sammelte ihre Gedanken, bevor sie sprach. „Es war eine Kombination aus Dingen. Amber hat alte Magie entdeckt, obwohl sie nicht sagen will, woher, den sie genau um Mitternacht heute mit Hilfe des Mondes ausgeführt hat, und hier sind wir, Mom, als Menschen, keine Geister mehr."

Maya rückte näher an ihre Tochter und sagte: „Dein Tod hat eine Narbe in unserem Leben hinterlassen, und deine Rückkehr heute hat diese Narbe irgendwie geheilt. Bitte verlass uns nicht, Annalise; deine Mutter würde es nicht ertragen, wenn dir oder Phil wieder etwas passiert. Versprich mir, dass diese Rückkehr für ein Leben lang ist."

„Ich verspreche es, Mutter, ich gehe nirgendwo hin", versicherte Annalise und umarmte ihre Mutter fest. Tränen flossen frei aus ihren Augen, als Phil und Greg mit Lächeln zusahen.

Lucinda richtete den Raum her und spürte plötzlich eine Brise, den über ihre Haut flüsterte. „Anya, ich weiß, dass du es bist. Was ist es?" fragte sie und spürte den vertraute Präsenz.

Anyas Stimme hallte sanft wider, trug das Gewicht einer Offenbarung. „Ich hoffe, du weißt, was Amber getan hat, hat deinen Eltern und Großeltern Unsterblichkeit gewährt", vermittelte sie, ihre Worte hingen in der Luft.

Erschrocken umklammerte Lucinda eine Vase, ihr Herz pochte vor Erkenntnis. Als Anyas Worte einsanken, rutschte den Vase aus ihren Händen und zerschellte auf dem Boden in Stücke, spiegelte den zerschmetternde Erkenntnis der Enormität von Ambers Handlungen wider.

Bevor Lucinda antworten konnte, fuhr Anya fort und kam ihrer unausgesprochenen Frage zuvor. „Bevor du mich fragst, wie sie es getan hat, ich weiß es nicht. Wenn ein Kind aus beiden Welten stammt, schätze ich, sind den Kräfte, den sie trägt, mehr, als das Auge sehen kann. Die Wahrheit ist, dass Amber Dinge tun wird, den den Welt unmöglich nennt", erklärte sie und verblasste in den Äther, ließ Lucinda in betäubtem Schweigen stehen.

Jake eilte herein, besorgt, fragte, ob alles in Ordnung sei. Lucinda kämpfte, ihre Gedanken zu sammeln, versuchte zu erklären. „Es ist Amber. Es ist etwas, das sie getan hat. Wir müssen in ihr Zimmer gehen", antwortete sie, ihre Stimme von Dringlichkeit und Unglauben durchzogen.

Jake sah den Sorge auf Lucindas Gesicht, als sie kämpfte zu erklären. „Amber hat etwas getan, als sie meine Eltern wieder zum Leben erweckte. Es beinhaltet, sie und meine Großeltern beide unsterblich zu machen", schaffte sie zu artikulieren, ihre Stimme zitterte leicht vor Unruhe.

Besorgt über Lucindas Not drängte Jake sie sanft, sich zu beruhigen und zu teilen, was passiert war. Lucinda rezitierte Anyas Offenbarung, und als Antwort überraschte Jake sie mit einer sondierenden Frage: „Wovor hast du so Angst, Lucinda?"

Überwältigt seufzte Lucinda schwer und sank auf das Bett. „Ich weiß es nicht, Jake. Ich weiß es nicht. Ich habe sie verloren, als ich sehr jung war; ich schätze, das hat meinen Verstand durcheinandergebracht", gab sie zu, ihr Blick auf den Welt draußen vor dem Fenster fixiert, verloren in Unsicherheit.

Jake umhüllte sie in einer beruhigenden Umarmung und tröstete sie. „Das Schicksal unserer Tochter ist bereits entschieden. Was auch immer du tust, wird das nicht ändern; wenn du versuchst, es zu ändern, wird es Konsequenzen geben, den uns nicht gefallen. Lass sie einfach sein", versicherte er und hoffte, Lucindas Sorge zu lindern.

„Okay", murmelte Lucinda, akzeptierte Jakes Versicherung und fühlte sich wohler.

Sobald Jake spürte, dass Lucinda sich beruhigt hatte, schlug er vor, zu Amber zu gehen und mit ihr zu sprechen. Amber wurde im

Wohnzimmer gefunden, vertieft darin, mit den Holzspielzeugen zu spielen, den Jake ihr gekauft hatte. Lucinda näherte sich sanft, ihr Herz voller Besorgnis.

„Amber, Mommy muss mit dir sprechen", sagte Lucinda leise und versuchte, ihre Sorge zu verbergen.

Ambers Augen funkelten vor Neugier, als sie aufsah, begierig zu hören, was ihre Mom sagen wollte, ihr unschuldiger Blick auf Lucinda fixiert, wartend auf eine Erklärung.

Lucinda starrte auf den Mond, der ein sanftes Leuchten durch das Fenster warf und den Raum mit weichem Lumineszenz malte. Der unschuldige Blick ihrer Tochter hielt eine unausgesprochene Weisheit, als sie den Nachwirkungen ihres magischen Akts erklärte.

„Mommy, ich habe alle, den mein Blut teilen, unsterblich gemacht", sagte Amber, ihre Stimme von kindlicher Unschuld durchzogen.

„Was ist unsterblich?" fragte Amber, ihre Neugier strahlte durch.

Jake, in der Nähe stehend, kniete sich hin und versuchte, das Konzept zu vereinfachen. „Es bedeutet, dass sie nie sterben werden, Schatz."

„Ich habe es getan, weil du traurig bist", fuhr Amber fort, ihre Stimme von einem Verständnis jenseits ihrer Jahre durchzogen. „Du belügst dich selbst, dass du glücklich bist, aber du bist es nicht."

Lucindas Herz setzte einen Schlag aus bei Ambers Worten, unvorbereitet auf den Wahrnehmungsfähigkeit ihrer Tochter. „Amber, ich..."

„Nein, Mom", unterbrach Amber sanft. „Du hättest es schon vor langer Zeit getan, wenn du gewusst hättest, wie. Ich will, dass Grandma Annalise und Grandpa Phil mit mir spielen, nicht nur um Mitternacht. Und du willst sie umarmen und halten. Denkst du, ichst du, ich weiß nicht, dass sie gestorben sind, als du klein warst? Ich habe sie zurückgebracht, damit du mit ihnen spielen kannst, da du keine Chance hattest, als du klein warst. Ich habe alles für dich getan, Mom."

Hineingehend ließ Amber Lucinda stehen, ihre Gedanken wirbelten in einem Strudel aus Emotionen.

Allein mit Jake fühlte Lucinda eine Welle der Verwirrung und Trauer. „Amber hat recht. Aber es ist nicht so einfach, Jake. Die Toten zurückbringen... Ich weiß nicht, ob das richtig ist."

Jake trat näher, seine Stimme ein beruhigender Balsam für ihre geplagte Seele. „Lucinda, hättest du es nicht getan, wenn du gewusst hättest, wie?"

Ihr Herz schwer von der Last vergangener Verluste zögerte Lucinda. „Ihr Tod hat mich verändert. Ich dachte, ich hätte geheilt, aber vielleicht nicht. Ich weiß, dass ich jetzt den glücklichste Person auf Erden bin, dass meine Eltern wieder leben, aber tief im Inneren bin ich besorgt darüber, wem ich das Leben geschenkt habe. Welche Art von Macht habe ich auf diesem Planeten freigesetzt?"

„Aber jetzt sind sie hier", sagte Jake sanft. „Du und ich sind unsterblich, zusammen mit Amber; was ist falsch daran, dass deine Eltern und Großeltern auch unsterblich werden? Wir wussten nicht, wie, aber Amber weiß es, und sie hat es getan. Es ist nicht falsch, das zu wollen. Du sprichst vom Schmerz über den Tod deiner Eltern. Ich bin sicher, du möchtest nicht eines Morgens aufwachen und hören, dass Maya oder Greg nicht mehr sind, und mit der Verbindung, den du über den Jahre aufgebaut hast, würde ihr Ableben dich zerreißen."

Lucindas Augen füllten sich mit Tränen, als sie den Tiefe ihrer Sehnsucht nach ihren Eltern erkannte. Jakes Worte durchdrangen ihren inneren Tumult und schmolzenes den eisigen Wände, den sie um ihren Schmerz gebaut hatte.

„Du hast an meine Großeltern gedacht, oder?" fragte Lucinda, und Jake nickte und sagte: „Ich will auch nicht, dass sie gehen, also bin ich glücklich mit dem, was Amber für sie und unser Glück getan hat."

Ihren Ehemann fest umarmend ließ Lucinda ein ersticktes Schluchzen los, der Damm der Emotionen brach endlich. „Ich will sie nicht wieder verlieren."

Jake hielt sie nah, seine Arme ein Zufluchtsort des Trosts. „Das werden wir nicht. Ihr seid eine Familie, jetzt unsterblich. Lass uns dieses Geschenk schätzen, das Amber für uns alle freigesetzt hat."

In dieser Umarmung, mitten in Tränen und unausgesprochenen Worten, fand Lucinda Hoffnung. Die Magie, den Amber entfesselt hatte, hatte ihren Eltern und Großeltern Unsterblichkeit gewährt und einen Pfad zur Heilung der zerbrochenen Stücke ihrer Familie freigesetzt, den Kluft zwischen den Lebenden und den Verstorbenen überbrückend.

Das Ende

Über den Autor

Dennis W.C. Wong

Herr Wong ist kürzlich bei Kaiser Permanente in Oakland, CA, als Pflegehelfer im Operationssaal in den Ruhestand gegangen und wurde lizenzierter praktischer Krankenpfleger in der häuslichen Pflege. Erst nach der Erkundung der Farbenverkaufsbranche fühlte er sich dazu hingezogen, eine Karriere im Gesundheitswesen zu verfolgen. Unterstützt durch einen Associate of Arts in Retail Marketing vom Chabot College erwarb Herr Wong einen Bachelor of Science in Business Management-Personnel and Industrial Relations an der California State University, Hayward. Ihm wurde 2020 der Albert Nelson Marquis Lifetime Achievement Award von Marquis Who's Who verliehen. Als Sterile Processing Technician volontierte Herr Wong außerdem bei chirurgischen Missionen in Guatemala und Ecuador. Er besaß einen 1969 Ford Falcon Futura Sport Coupe. Dieser hat mehrere Preise bei Autoshows gewonnen und wurde im Februar 2024 im American Muscle Car Kalender vorgestellt.

Im Januar 2018 veröffentlichte er **„The Apricot Outlook of Katherine Koon Hung Wong"**, eine Memoiren über seine Mutter. Dieses Buch entstand ursprünglich als Semesterarbeit für einen Psychologiekurs im Jahr 2005 mit dem Titel „Senior Biography of My Mom Aged 77".

Der chinesische Mittelname seiner Mutter übersetzt sich mit „Outlook Apricot". Aprikosen symbolisieren weibliche Eleganz und der große eiförmige Kern ähnelt den Augen einer orientalischen Schönheit.

Herr Wongs **„Die Macht der Leidenschaft"** ist eine fiktive Geschichte, die die Themen Liebe, Leidenschaft und Empathie miteinander verwebt.

Er führte das Aprikosen-Thema in seinen Kindergeschichten fort, beginnend mit **„The App I Cot Journey to Plumville"**, in dem den Hauptfigur Widrigkeiten gegenübersteht. Die Fortsetzung **„The App I Cot Goes to College"** folgt Appys Weg zum Ingenieur. **„Appy Overcomes Covid"** thematisiert familiäre Herausforderungen während der Pandemie, während **„Appy Retires"** auf seine Karriere zurückblickt. In **„Grand Appy's Family"** freut sich Appy darauf, Großvater zu werden. Appy und June erhalten einen Lifetime Achievement Award in Engineering im Finale **„Grand Appy's Achievement"**. Diese sechs Bücher umfassende Serie wurde nun in einem einzigen Band unter dem Titel **„The App I Cot 6 Series"** zusammengefasst.

Im Jahr 2002 inspirierte das Gedicht **„My Journey"** von Herrn Wong, das während seines Pflegehelferkurses entstand, den Gedichtsammlung mit dem Titel **„Ode to Thy Apricot - Reimagined"**.

Dennis' Großonkel Philip und seine Frau Kyau unternahmen von 1947 bis 1948 eine 14½-monatige Reise in den Orient. Mit erteilter Genehmigung veröffentlichte er das Reisetagebuch aus Philips Taschennotizbuch in **„Chronicles of An Oriental Adventure"**.